Das Böse

**Eine deutsche Geschichte
von Michael Weber**

Bibliografische Information der Deutschen Nationalbibliothek: Die Deutsche Nationalbibliothek verzeichnet diese Publikation in der Deutschen Nationalbibliografie; detaillierte bibliografische Daten sind im Internet über dnb.dnb.de abrufbar.

Herstellung und Verlag:
BoD – Books on Demand, Norderstedt

ISBN 9783744831390

Ach! Warum brüstet sich der Mensch damit, dem Tier gefühlsmäßig überlegen zu sein? Das macht uns nur zu bedürftigeren Wesen. Wären unsere Triebe auf Hunger, Durst und Begierde beschränkt, könnten wir beinahe frei sein. So aber werden wir von jedem Windstoß umhergetrieben, von jedem zufälligen Wort oder jedem Bild, das uns dieses Wort vermittelt.

Mary Shelley, *Frankenstein*

Kapitel 1

Als Herr Schwarz zu sich kam, fühlte er sich, als wäre er über Nacht krank geworden. Seine Glieder waren schwer wie Blei. Die Augen wollten sich kaum öffnen. Als sie endlich offen waren, lag er noch lange Zeit - wie es ihm vorkam - regungslos da und starrte zu der weiß getünchten Decke hinauf. Nach einer weiteren langen Zeit bewegte er erst die Augen und dann den Kopf um sich umzusehen.

Er glaubte in einem Krankenhaus zu sein, denn der Raum war groß und weiß und es standen viele weiße Betten darin. In einem davon lag er selbst. Frauen in weißer Schwesterntracht eilten zwischen den Betten hin und her. Dem Licht nach zu urteilen, das durch die großen Fenster hereinfiel, musste es Nachmittag sein. Die Sonne schien. Er wäre gerne aufgestanden, wusste aber nicht, wie er es anfangen sollte, da seine Glieder ihm offenbar nicht gehorchen wollten.

Während er sich noch abmühte, trat eine Schwester auf ihn zu.

„Ach, Sie sind ja wach. Wie fühlen Sie sich?"

Er dachte lange über die Frage nach und lallte dann Worte, die er selbst nicht verstand.

Die Schwester schien daran keinen Anstoß zu nehmen. „Es ist ein Wunder", sagte sie fröhlich, „dass Sie noch leben!"

Sie meinte es gut, aber Herr Schwarz erschrak zutiefst. Wovon sprach diese Frau? Warum war er hier? Was war mit ihm passiert? Panik griff nach ihm. Er wollte fragen, aber es gelang ihm nicht, sich verständlich zu machen.

Die Schwester merkte, dass sie ihn beunruhigt hatte. Sie brachte Wasser und flößte es ihm löffelweise ein. Sie wusch ihm das Gesicht und schob sein Kissen zurecht, wobei sie ihm ihren Busen ins Gesicht drückte.

Herr Schwarz wurde unterdessen sehr müde. Vielleicht, dachte er noch, war etwas in dem Wasser, ein Beruhigungs- oder ein Schlafmittel? Doch dann vergaß er alle seine Fragen und schlief wieder ein.

Ein paar Tage vergingen, ohne dass Herr Schwarz sich dessen bewusst wurde. Er schlief, erwachte, wurde gefüttert und gewaschen und schlief wieder ein.

Allmählich fühlte er sich kräftiger. Er versuchte, sich aufzusetzen, verspürte Hunger. Er bemerkte, dass er an einigen Stellen bandagiert war, aber es fühlte sich an, als wären die Wunden, die unter den Bandagen gewesen sein mochten, verheilt. Ein Arzt kam, besah ihn und schien begeistert zu sein.

Herr Schwarz dachte wieder daran, dass er nicht wusste, wie und warum er ins Krankenhaus gekommen war. Er fragte nach, und die Worte kamen zu seiner eigenen Überraschung klar und deutlich aus seinem Mund.

Der Arzt sah ihn erstaunt an.

„Wissen Sie es denn wirklich nicht?"

Herr Schwarz schüttelte betreten den Kopf.

Der Arzt setzte sich auf die Bettkante. „Sie wurden verschüttet", sagte er. Er schien lachen zu wollen, als könne er es selbst nicht glauben. „Ein Bombenangriff! Können Sie sich wirklich nicht erinnern?"

Herr Schwarz dachte nach; er meinte, sich dunkel an Fliegeralarm zu erinnern und an Schreie, die ihn geweckt hatten. Aber wann und wo war das gewesen? Es wollte ihm nicht einfallen. Am Ende beschloss er, ein anderes Mal wieder darauf zurückzukommen und richtete seine Gedanken auf seine Genesung.

Es ging ihm jetzt täglich besser. Bald fühlte er sich in der Lage, aufzustehen und ein paar Schritte zu gehen. Der Arzt kam zu einer großen Untersuchung, maß seinen Blutdruck und seinen Puls, zog an allen seinen Gliedmaßen einzeln, fragte, ob er jedes einzelne spüre, drückte alle möglichen Stellen auf seinem Bauch, prüfte mit einem kleinen Hammer seine Reflexe, legte sein Stethoskop auf seine Brust und auf seinen Rücken und befahl ihm ausgiebig zu husten, schaute ihm tief in den Rachen und in die Augen und ließ ihn sich endlich wieder hinlegen.

„Es ist wahrhaftig ein Wunder", seufzte er glücklich. „Sie hatten eine schwere Gehirnerschütterung natürlich, Verbrennungen, Prellungen und Abschürfungen, aber nichts wirklich Schlimmes; bald sind Sie wieder völlig hergestellt."

Herr Schwarz bemerkte, er habe offenbar Glück gehabt. Dabei fiel ihm wieder ein, dass er sich noch immer nicht erinnern konnte, wie es geschehen war.

„Bei Gott", sagte der Arzt. „Sie hatten mehr als Glück. Sie müssten tot sein oder zumindest schwer verletzt."

Herr Schwarz dachte darüber nach.

„Ich wurde gebeten, Ihre Vorgesetzten umgehend über das Ergebnis dieser Untersuchung zu informieren", sagte der Arzt. „Sie werden ebenfalls sehr erfreut sein. Ich habe verstanden, dass Sie keine Familie haben, die wir benachrichtigen müssten; ist das richtig?"

Herr Schwarz dachte nach und sagte dann wahrheitsgemäß, dass er sich in dem Punkt nicht ganz sicher wäre. Er spürte, wie sein Herz vor Aufregung klopfte und das Blut ihm ins Gesicht schoss, als er das sagte.

„Ich verstehe", sagte der Arzt. „Der Schock oder die Gewalt des Bombeneinschlags beeinträchtigen Ihr Erinnerungsvermögen. Das wird sich vermutlich bald geben." Er schwieg einen Moment, nickte und schien aus irgendeinem Grund unangenehm berührt zu sein. Um das zu verbergen, sah er - wie Herr Schwarz wohl bemerkte - auf seine Armbanduhr und studierte die Anzeige so sorgfältig, als ob sie besonders schwer zu verstehen wäre. „Nun denn!" sagte er schließlich und klatschte, als er aufstand, in die Hände. „Ich werde Ihnen jetzt gleich etwas zu essen bringen lassen."

Nach dem Essen schlief Herr Schwarz satt und zufrieden ein. Als er nach einiger Zeit frisch und ausgeruht erwachte, saß ein schwarzgekleideter Herr auf einem Stuhl neben seinem Bett. Herr Schwarz erkannte sofort, dass es sich um einen Abgesandten der Landeskirche handelte; ein Herr Kirchenrat oder etwas in der Art, und jemand, der noch mehr zu werden gedachte. Er fand, dass das Schwarz seiner Kleidung einen interessanten Kontrast zu all dem ihn umgebenden Weiß darstellte. Er bemerkte, dass die Fenster zugezogen waren. Von der Lampe auf seinem Nachtisch kam ein schwaches Licht. Es musste wohl Abend sein oder bereits Nacht.

„Lieber Bruder Schwarz!" sagte der Herr, als er merkte, dass Herr Schwarz wach war. Er beugte sich vor, eine Geste, die Herr Schwarz als aufdringlich empfand. „Sie glauben ja nicht, wie froh wir sind, dass Sie das alles so gut überstanden haben. Wir kennen uns noch nicht persönlich, ich bin Kirchenrat Botsch, im Auftrag des Landeskirchenamtes. Es geht Ihnen doch gut? Ja? Großartig! Einfach großartig! Ich bin ja so froh!"

Herr Schwarz hatte noch nichts gesagt und schwieg auch weiterhin.

„Lieber Bruder Schwarz!" begann der Kirchenrat erneut. „Der Arzt sagt, dass er Sie noch ein paar wenige Tage zur Beobachtung hier behalten möchte. Danach haben wir für Sie schon einen Platz im Sanatorium, nicht weit von hier." Er zeigte vage in irgendeine Richtung, dann in eine andere. „Dort sollen Sie erst einmal wieder zu Kräften kommen, bevor wir über Ihre weitere Verwendung entscheiden."

Herr Schwarz fand, das klänge vernünftig, also nickte er.

Der Kirchenrat überreichte ihm eine Karte mit seinem Titel und Namen sowie einer Adresse in der Stadt und einer Telefonnummer. „Wenn etwas wäre, können Sie mich unter dieser Adresse und Telefonnummer erreichen; wenn ich nichts höre, komme ich Anfang Mai wieder zu Ihnen! Können wir das so machen?"

Herr Schwarz fand, dass sie das so machen könnten und nickte erneut.

Kirchenrat Botsch erhob sich und sagte, indem er seine Uhr zog, er wolle ihn nun nicht länger behelligen, habe es außerdem eilig; er wünschte ihm alles Gute, erklärte ihm erneut, wie großartig alles wäre und wie froh er selbst, und eilte dann davon, als ob der Teufel ihm auf den Fersen wäre.

Herr Schwarz wusste jetzt sicher, dass etwas nicht stimmte, konnte sich aber nicht denken, was es war. Er lag noch lange wach und lauschte den Schlafgeräuschen der anderen Patienten. Das Nachtlicht fiel auf einen Kalender an der Wand: Es war Sonntag, der 11. März 1945.

Kapitel 2

Es war ein schöner Frühlingstag; viele Patienten saßen auf dem breiten, umlaufenden Balkon und ließen sich von der noch niedrigen Nachmittagssonne bescheinen. Vögel sangen, Bienen summten. Ein leichter Luftzug trug den Duft von Blüten und feuchtem Gras von den nahen Wiesen herauf. Herr Schwarz saß mit geschlossenen Augen etwas abseits vom Gebäude unter einem Baum und lauschte konzentriert. Es war eine Art meditativer Übung, die er täglich abhielt, manchmal stundenlang. Wenn er lange genug so dasaß und lauschte, vergaß er am Ende sich selbst und seine vielen Fragen. In einer solchen Selbstvergessenheit saß er auch jetzt im Schatten seines Baumes und war buchstäblich eins mit sich selbst und der Welt. Da öffnete sich die Terrassentür und Herr Schwarz wusste sofort, dass es jetzt um seine Ruhe geschehen sein würde.

Alles und jeder im Sanatorium hatte seine festen Zeiten und Orte, und keiner von denen, die für gewöhnlich hier waren und hierher gehörten, würde um diese Zeit des Tages die Terrassentür öffnen.

Aus diesem Grund und weil es Anfang Mai war, war Herr Schwarz, noch ehe er die Augen öffnete, überzeugt, dass es Kirchenrat Botsch war, der ihn wie angekündigt besuchen kam. Er beobachtete ihn, wie er über den Rasen gelaufen kam. Seine Schuhe waren zuletzt nur grob gereinigt worden; sie waren sauber, aber ohne Glanz. Seine Krawatte war nicht ganz perfekt gebunden und saß dazu noch ein ganz klein wenig schief. An seiner rechten Hemdmanschette war ein kleiner dunkler Fleck zu sehen, zweifellos Tinte; ein Hinweis, dass er in Eile geschrieben hatte. Sein Jackett spannte ein bisschen vor dem Bauch. Auf seiner linken Wange standen noch ein paar wenige Bartstoppeln, die er beim Rasieren übersehen hatte. Es war offensichtlich, dass Kirchenrat Botsch im Moment unter großem Druck stand, und dass das Fenster in seinem Badezimmer auf der rechten Seite war.

„Guten Tag, Bruder Schwarz", sagte er mit sorgenvoller Miene.

Kein „lieber", kein Ausrufezeichen, kein Lächeln! Kirchenrat Botsch musste gerade eine besonders schwere Zeit durchmachen.

„Wie geht es Ihnen?"

Herr Schwarz erhob sich. Es ginge ihm gut, sagte er. Er beobachtete mit Interesse, wie Kirchenrat

Botsch mit dem Daumen an seinem Ehering her-
umspielte. Er fragte ihn also höflich, wie es seiner
Frau ginge, und Kirchenrat Botsch schien kurz die
Fassung zu verlieren. „Oje", seufzte er. „Meine
Frau ist -"

Todkrank, dachte Herr Schwarz.

„- hochschwanger; wir erwarten eigentlich seit ein
paar Tagen schon die Geburt unseres ersten Kin-
des. Und das jetzt! In diesen Zeiten! Na gut, der
Krieg ist vorbei, aber was da noch alles -"

Er unterbrach sich und wurde rot.

„Bitte entschuldigen Sie; ich habe mich vergessen. Was habe ich mir nur dabei gedacht?"

Herr Schwarz konnte sich nicht vorstellen, was
Kirchenrat Botsch sich dabei gedacht haben
mochte. Er sagte also nichts.

„Kommen Sie", sagte Kirchenrat Botsch. „Lassen
Sie uns ein Stückchen gehen."

Sie spazierten schweigend über den Rasen.

„Es ist so, lieber Bruder Schwarz", begann Kirchenrat Botsch nach einer Weile, „wir haben viele
vakante Pfarreien im Moment. Der Krieg -"

Herr Schwarz dachte, dass er von einem völlig
Fremden - und darüber hinaus auch von jedem
anderen - nicht mit „Bruder" angeredet werden
wollte, sagte aber nichts.

„Wir holen Leute aus dem Ruhestand zurück, Alte und auch Invaliden."

Herr Schwarz fand, dass das Gespräch in eine unangenehme Richtung führte, sagte aber nichts.

„Kurz, wir senden Sie in eine kleine Landgemeinde, Nahental... Ein passender Name, ist ja auch wirklich nicht weit von hier, haha..."

Herr Schwarz sagte ohne Umschweife, er wisse nicht, ob das eine gute Idee wäre.

Kirchenrat Botschaft ließ sein Lächeln fallen wie ein abgebranntes Streichholz. „Ich habe leider keinen Verhandlungsspielraum", sagte er kühl. „Wir haben Sie ein Vierteljahr hier untergebracht, damit Sie wieder zu sich selbst kommen können - "

Herr Schwarz fühlte sich beklommen.

„- aber jetzt müssen Sie wieder hinaus ins Leben und zurück an die Arbeit. Wir brauchen Sie in Nahental. Hier im Sanatorium - verzeihen Sie - brauchen wir Sie nicht."

Nahental oder Entlassung, dachte Herr Schwarz. Ohne ein weiteres Wort beugte er ergeben den Kopf.

„Ihre Sachen haben wir bereits hinbringen lassen, ein halbes Dutzend Koffer, was wir aus den Trümmern retten konnten. Einen weiteren Koffer habe ich eben auf Ihr Zimmer bringen lassen, er enthält die nötigsten Dinge, alles, was Sie für den Weg brauchen."

Herr Schwarz fragte, ob es irgendwelche Hinweise, Empfehlungen oder Vorgaben für die Anreise gebe.

„Nun", sagte Kirchenrat Botsch, „der Hauptbahnhof ist ein Trümmerfeld; ich musste selbst fünf Kilometer mit dem Fahrrad fahren, ehe ich die Bahn hierher nehmen konnte. Es scheint also ratsam zu sein, den direkten Weg zu nehmen. Das hieße dann zu Fuß zu gehen und sich von Fall zu Fall von einem Fuhrwerk mitnehmen zu lassen oder von einem Wagen, falls einer unterwegs ist. Wir würden Ihnen ja Geld für die Reise geben, aber es ist im Moment so gut wie gar nichts wert."

Herr Schwarz sagte, er hoffe, dass das Wetter morgen schön werde.

„Ja, richtig, ich vergaß zu sagen: Schon morgen. Das haben Sie sich wohl schon gedacht."

Herr Schwarz war mit seinen Gedanken bereits in Nahental. Er wusste nichts über diesen Ort, nur dass er klein war, ein winziger, abgelegener Flecken auf dem Land; er war vor Jahren einmal mit dem Autobus hindurchgefahren. Seine Vorgesetzten hatten offensichtlich kein großes Zutrauen in seine Fähigkeiten. Herr Schwarz fand das eigentlich ganz vernünftig.

Kapitel 3

Am nächsten Morgen öffnete Herr Schwarz den kleinen Koffer, den Kirchenrat Botsch ihm gebracht hatte. Er enthielt etwas Wäsche, ein weißes Hemd, einen schwarzen Anzug und eine schwarze Krawatte, außerdem einen Schlafanzug, zwei Handtücher, ein Stück Seife, Zahnpulver und eine neue Zahnbürste. Die Kleider waren frisch gewaschen und gebügelt. Er roch an ihnen und fand, dass sie fremd röchen.

Herr Schwarz kleidete sich an und ging zum Frühstück hinunter. Er dachte, dass er heute reichlich frühstücken sollte, da er nicht sicher war, wann er das nächste Mal etwas zu essen bekommen würde. Also saß er eine Dreiviertelstunde zu Tisch und ging dann noch ein letztes mal nach oben, um sich die Zähne zu putzen. Weil er es für höflich hielt, ging er, um sich von den Pflegern zu verabschieden; das vorgeschriebene Entlassungsgespräch mit seinem Arzt hatte er bereits am Vorabend geführt. Etwas zaghaft, da er Abschiede nicht mochte, klopfte er an die Tür ihres Aufenthaltsraumes. Es schien jedoch zu seiner

Erleichterung niemand da zu sein, oder man hatte sein Klopfen überhört; der Sicherheit halber versuchte er es nicht noch einmal. Auch auf seinem Weg hinaus begegnete er niemandem. Froh darüber zog er die Tür leise hinter sich zu und ging ohne einen Blick zurück die Zufahrt hinunter zur Straße.

Zuerst ging er zu Fuß. Nach einer Stunde Laufens kam ein Lastwagen vorbei, der ihn ein paar Kilometer weit mitnahm. Als er ausstieg, sah er gleich einen alten Bauern mit seinem Eselskarren kommen und fuhr mit diesem ein kleines Stück mit. Dann ging er wieder zu Fuß, beobachtete eine lange Kolonne amerikanischer Militärfahrzeuge, die ihm entgegenkamen, ging danach noch etwa eine Stunde weiter und wurde schließlich den restlichen Weg von einem Arzt mitgenommen, der mit seinem Auto Hausbesuche machte. Kurz nach Mittag und damit um einiges schneller als gedacht kam er in Nahental an. Er sah dem Wagen des Arztes nach, bis er hinter einer Biegung verschwunden war, und wandte sich dann der Kirche zu, vor der er abgesetzt worden war.

Die Kirche war klein und uralt. Sie wurde von einem Friedhof umringt, der von einem schmiedeeisernen Zaun eingefasst war. Herr Schwarz sah ein noch neues Grab, öffnete das Friedhofstor, ging hin und war beinahe zu Tode erschrocken, als er sah, dass es das Grab seines Vorgängers war.

„Es ist drei Wochen her", sagte eine Stimme hinter ihm. „Der arme Herr Pfarrer!"

Herr Schwarz drehte sich um und erblickte einen kleinen, etwas gedrungenen Mann in bäuerlichen Kleidern. Er stellte sich vor.

„Ich dachte es mir", erwiderte der Mann. Ich bin Herr Schnell, der Mesner."

Herr Schwarz fragte, was geschehen wäre.

„Ich dachte, davon müsste jeder gehört haben", sagte Herr Schnell überrascht. „Es war schrecklich genug. Nun, das Dorf liegt ja genau auf der Reichsstraße. Die Wehrmacht zog in großer Eile hindurch. Es hieß, die Amerikaner wären ihnen dicht auf den Fersen, und das stimmte wohl auch. Im Radio sagten sie, wenn auf dem Kirchturm eine weiße Fahne gehisst würde, wenn ein Dorf oder eine Stadt sich also ergeben würde, dann würde den Einwohnern nichts geschehen. Eine Ortschaft aber, die keine weiße Fahne hätte, würde zerstört. Was sollten wir also tun? Es war ja noch eine Handvoll SS-Leute da, dort gegenüber im Wirtshaus!" Er zeigte hinüber. „Also warteten wir. Die Zeit wurde uns jedoch lang: Die SS-Leute aßen und tranken, als ob nicht jeden Mo-

23

ment die amerikanischen Panzer ins Dorf rollen würden! Endlich standen sie auf, stiegen in ihren Wagen und fuhren davon. Der Herr Pfarrer schickte mich fort, ging auf den Turm hinauf und setzte ein Bettlaken als weiße Fahne aus. Danach kehrte er ins Pfarrhaus zurück."

Doch dann, dachte Herr Schwarz.

„Doch dann kamen die Soldaten zurück! Einer von ihnen hatte offenbar seine Zigaretten liegen lassen. Sie sahen die Fahne wehen und gingen sofort zur Kirche, um sie herunterzunehmen, aber der Herr Pfarrer hatte sie verschlossen. Sie warfen sich gegen die Tür, sie schossen mit ihren Pistolen auf das Schloss, aber sie kamen nicht hinein. Da gingen sie zum Pfarrhaus hinüber, und dort waren sie erfolgreich. Sie gingen hinein. Man hörte Schreien. Aber was immer sie ihm sagten oder antaten, den Schlüssel zur Kirche bekamen sie nicht. Am Ende zogen sie ihn hinaus auf den Platz, wo jeder zusehen konnte, warfen ihn zu Boden und schossen ihm in den Kopf. - Es war übrigens genau die Stelle, wo der Wagen Sie vorhin abgesetzt hat."

Und zehn Minuten später kamen die Amerikaner, dachte Herr Schwarz.

„Wenn der Mistkerl nur nicht seine Zigaretten vergessen hätte!" sagte Herr Schnell wütend. „Im

Moment, als sie ihn erschossen hatten, hörte man die Panzer schon kommen, und eine Viertelstunde später waren sie da."

Herr Schwarz war betroffen. Er wusste nicht, was er sagen sollte.

Von der Straße kamen sechs Männer herein und brachten einen schwachen Geruch nach Mottenkugeln mit sich.

„Es sind die Kirchenvorsteher", sagte Herr Schnell. „Ich habe meinen Jungen nach ihnen geschickt, als ich Sie gesehen habe."

Herr Schwarz nickte und betrachtete die Männer ein wenig genauer. Es waren alles Bauern, Herr Schwarz erkannte es an ihren Händen und auch an ihren Gesichtern, und sie hatten offensichtlich fest damit gerechnet, dass er kommen würde, denn sie trugen ihre zweitbesten Kleider. Kirchenrat Botsch hatte offensichtlich nicht einmal die Möglichkeit in Betracht gezogen, dass er Nein sagen könnte. Herr Schwarz verzog beim Gedanken an ihn das Gesicht, was von den Kirchenvorstehern prompt falsch verstanden wurde.

„Stören wir Sie, Herr Pfarrer? War Ihre Anreise recht anstrengend? Wir können auch später wiederkommen."

Herr Schwarz erklärte ihnen, dass er an etwas anderes gedacht hatte und bat sie zu bleiben. Er stellte sich ihnen vor und dankte ihnen für ihr Kommen. Es waren freundliche, umgängliche Leute, die froh waren, einen Pfarrer im Ort zu haben.

Einer von ihnen wies auf das Grab hin. „Furchtbar, nicht wahr?"

Herr Schwarz sagte, es wäre in der Tat furchtbar.

„Wir werden ihn nicht vergessen", sagte ein anderer. „Er hat das Dorf gerettet."

Wahrscheinlich nicht, dachte Herr Schwarz. Er glaubte, dass die Radiodurchsage vor allem der Einschüchterung hatte dienen sollen. Aber er sagte nichts.

„Die Männer, die ihn umgebracht haben, werden wahrscheinlich nie bestraft", sagte ein dritter. „Wir kennen ja nicht einmal ihre Namen."

„Es gibt keine Gerechtigkeit", sagte der vierte.

Herr Schwarz sagte, es gäbe in der Tat keine Gerechtigkeit.

Die Männer sahen ihn an, als bedürfte es weiterer Erklärungen, aber Herr Schwarz wollte weiter nichts sagen.

Sie schwiegen alle eine Weile und sahen betreten zu Boden.

„Kommen Sie, Herr Pfarrer", sagte schließlich einer. „Wir zeigen Ihnen das Pfarrhaus. Die Speisekammer haben wir schon für sie gefüllt, sogar

ein paar Flaschen Bier haben wir Ihnen hinge-
stellt, damit Sie gut schlafen in Ihrer ersten Nacht
im neuen Heim."

Kapitel 4

Das Pfarrhaus war geradezu bedrückend groß. Es war für eine Familie gebaut worden, aber Pfarrer Müller war unverheiratet gewesen und hatte nur einen Teil der Räume benutzt. Seine Möbel standen noch da, denn seine Verwandten hatten kein Interesse an ihnen gezeigt, ebensowenig an den theologischen Büchern. Alles andere hatten sie mitgenommen: Die Fenster waren nackt, kein Bild zierte die Wände. Die Kirchenvorsteher hatten ihm ein paar alte Töpfe und Pfannen gebracht, außerdem etwas Geschirr und Besteck. Das Bett stand schon fertig bezogen da. Herr Schwarz wusste die Hilfe zu schätzen und dachte rechtzeitig daran, den Männern zu danken, bevor sie alle gingen und ihn allein ließen.

Ein paar Koffer standen im Vorraum. Nicht seine Koffer, wie er wusste, aber höchstwahrscheinlich mit seinen Sachen darin. Herr Schwarz hatte keine Lust, sie zu öffnen. Er wunderte sich darüber und starrte sie eine Weile an. Dann nahm er sie und stellte sie alle in einen der leeren Räume.

Nur den kleinen Koffer, den, den er selbst hergebracht hatte, nahm er mit ins Schlafzimmer.

Es wurde Abend und es wurde Nacht. Die Nacht
war still. Das Pfarrhaus lag hinter der Kirche, und
hinter dem Pfarrhaus war das Dorf zu Ende. Herr
Schwarz warf sich in seinem Bett hin und her. An
Schlaf war nicht zu denken. Ein Bier hätte vielleicht geholfen; es waren ein paar Flaschen in der
Speisekammer. Aber auch daran war aus irgendeinem Grund nicht zu denken. Herr Schwarz
stand auf und wanderte in der Dunkelheit von
einem Zimmer zum anderen. Er sah zu den Fenstern hinaus. Die Stille war gut. Die Nacht war gut.
Warum schlafen? Ein milder Mond beschien das
Land. Herr Schwarz sagte sich, dass er zu Hause
wäre. Nach einiger Zeit bekam er dann doch Lust,
sich wenigstens hinzusetzen. War das Schlaf,
was über ihn kam? Unmöglich, dachte er. Und
doch -

In der Nacht, im Traum, erlebte Herr Schwarz
seine Ankunft erneut, doch breitete sich diesmal,
als er aus dem Wagen des Arztes ausstieg, eine
große Blutlache vor ihm aus - scheinbar das Blut
seines ermordeten Vorgängers. Der Anblick er-
schütterte ihn bis ins Mark. Eine Blutspur zog sich
von da bis hinüber zum Friedhof, als habe man
den Toten von der Straße weg geradewegs in

30

sein Grab geschleift. Herr Schwarz stand lange da und starrte in das Grab hinab, in dem der zerschundene Leib in einer grotesken Verrenkung lag.

Als er erwachte, schien der helle Tag zum Fenster herein. Herr Schwarz fand sich in einem Sessel wieder, frierend und hungrig. Nachdem er sich angekleidet und mit einiger Mühe das Küchenfeuer angeschürt hatte, wurde ihm klar, dass er nicht wusste, wie Kaffee zu kochen wäre. Und während er eine Tasse heißes Wasser trank, das er in einem riesigen Kochtopf erhitzt hatte, fasste er den Entschluss, eine Magd anzustellen.

Er überquerte den Dorfplatz und klopfte an die Tür des Mesners, der ihm gestern noch gezeigt hatte, wo er wohnte. Herr Schnell war zu Hause. Er sagte, er wisse tatsächlich eine junge Frau, die auf der Suche nach einer Stellung wäre.

„Ich werde später meinen Jungen nach ihr schicken, sie möchte sich so bald wie möglich bei Ihnen vorstellen."

Herr Schwarz bedankte sich. Als Herr Schnell die Tür vor ihm schloss, war ihm auf einmal, als müsse er sich an etwas Wichtiges erinnern. Aber an was? Er erschrak, als sich die Tür wieder öffnete.

„Haben Sie vorhin etwas vergessen?" fragte Herr Schnell.

Herr Schwarz errötete; Herr Schnell musste ihn wenigstens für wunderlich halten. Wahrheitsgemäß antwortete er, er dächte ja, sei sich aber nicht sicher. Er verabschiedete sich erneut und ging diesmal gleich zurück ins Pfarrhaus. Er nahm sich vor, ein wenig achtsamer zu sein.

Am Nachmittag, als er an seinem Schreibtisch - oder dem Schreibtisch seines Vorgängers - saß und gedankenlos Papier hin- und herschubste, erschrak er plötzlich über ein entsetzlich schrilles Klingeln. Er sah nach, wo es herkam, und entdeckte, dass es von einer elektrischen Türglocke herkam. Herr Schwarz hatte in seinen früheren Wohnungen keine solche gehabt und betrachtete sie interessiert. Sie hing innen über der Haustür, war riesengroß und sah aus, als wäre sie dazu da, die Feuerwehr zu alarmieren.

Er öffnete. Vor der Haustür stand eine hochgewachsene, schlanke junge Frau. Sie mochte achtzehn oder zwanzig Jahre alt sein und trug eine Brille, die ihre blauen Augen ziemlich groß machte. Sie stellte sich als Johanna vor und sagte, sie würde gerne seine Magd sein, wenn er sie anstellen wolle. Herr Schwarz bat sie herein und zeigte ihr die Küche. Sie könne doch gewiss kochen?

Johanna antwortete mit einer Gegenfrage: Ob er, was das Essen betraf, sehr anspruchsvoll wäre?

Herr Schwarz sagte, das wäre er nicht. Er gab ihr einen Überblick über seine eigenen Fähigkeiten und fragte, ob sie glaube, sie könne etwas davon besser als er. Johanna nickte und lächelte. Als sie das tat, war es, als ginge die Sonne auf. Das dauerte jedoch nicht lange an. Herr Schwarz merkte schnell, dass sie insgesamt eher ernst und still war. Zu ernst vielleicht und zu still für ihr Alter. Als nächstes dachte er, dass sie gut zu ihm passen würde, und er beschloss, sie anzustellen und sehr zufrieden mit ihr zu sein.

Als sie sich über ihren Lohn einig geworden waren, bat sie darum, die Magdkammer sehen zu dürfen. Herr Schwarz war überrascht. Er sagte, er wisse nicht, ob es eine gäbe und, wenn ja, wo sich diese befände; er wäre eben erst eingezogen. Und ob Johanna nicht lieber in ihrem Elternhaus wohnen bleiben wolle.

Johanna sagte, das wäre nicht möglich. „Meine Familie erwartet von mir, dass ich das Haus verlasse, je eher, desto besser." Sie sagte, sie wäre das zweitälteste von zehn Kindern. Ihre Arbeitsleistung würde zuhause nicht gebraucht, ihre Anwesenheit verursache hingegen Kosten und Umstände. „Meine Mutter ist in diesem Punkt sehr deutlich gewesen." Sie sah zu Boden. „Darüber hinaus verspüre ich - um die Wahrheit zu sagen - den drängenden Wunsch, mein Elternhaus zu verlassen. Ich wäre glücklich, bei Ihnen wohnen zu dürfen, wie es ja außerdem auch üblich ist."

Herr Schwarz seufzte und griff nach einem letzten Strohhalm: Ob ihr Vater auch nichts dagegen hätte?

Ihr Vater sei in den Krieg gezogen und noch nicht wieder zurück. „Wir haben seit zwei Jahren nichts mehr von ihm gehört. Wir wissen nicht, ob er überhaupt noch am Leben ist."

Herr Schwarz seufzte erneut. Er hatte Angst vor dem Zusammenleben mit einem anderen Menschen. Ein Hund als Hausgenosse wäre ihm lieber gewesen. Aber er sah ein, dass ihm nichts anderes übrig bleiben würde, als Johanna bei sich aufzunehmen.

Sie suchten gemeinsam und fanden die Magdkammer unter dem Dach. Sie war winzig, hatte aber ein schönes Fenster und einen kleinen, grünen Ofen. Johanna schien sehr zufrieden zu sein und brach sogleich auf, ihre Sachen zu holen.

Als Herr Schwarz an diesem Abend in die Küche kam, sah er, dass Johanna auf dem Küchentisch

Brot, Butter und Käse für eine Person vorbereitet hatte. Er fragte sie, ob sie nichts essen wolle. Sie sagte, das wäre ihr Essen; seines hätte sie im Esszimmer angerichtet. Er ging also nach nebenan ins Esszimmer und nahm dort Platz. Es war ein Tisch für sechs Personen. Er sah missmutig von einem Platz zum anderen. Jetzt, da jemand anderes unter seinem Dach lebte, kam es ihm falsch und trostlos vor, alleine zu Tisch zu sitzen. Er stand also auf, löschte das Licht, nahm seinen Teller, sein Besteck und sein Glas und ging hinüber in die Küche, wo er sich schweigend hinsetzte, Johanna gegenüber.

Johanna sagte zuerst nichts. Sie aßen und tranken. Nach einer Weile räusperte sie sich. „Möchten Sie lieber Bier statt Wasser? Es sind ein paar Flaschen da."

Er schüttelte den Kopf. Eine halbe Minute später fragte sie, ob er etwas dagegen hätte, wenn sie sich ein Bier holte. Er schüttelte erneut den Kopf. Sie holte eine Flasche Bier aus der Speisekammer, goss sich etwas ein, trank und gab einen tiefen Seufzer von sich. Herr Schwarz trank sein Wasser aus und schob ihr sein Glas hin. Das Fenster war gleich neben dem Tisch. Er öffnete es, während Johanna ihm einschenkte. Es war eine milde Nacht. Eigentlich zu mild für die Jahreszeit. Frösche quakten. Grillen zirpten. Herr Schwarz und Johanna aßen und tranken und schwiegen. Es war gut.

Kapitel 5

Am Sonntagmorgen fiel ihm ein, dass er noch gar nicht nach seinem Talar gesehen hatte. Er war sich sicher, dass er in einem seiner Koffer war. Kirchenrat Botsch, der, wie er jetzt wusste, ein überaus umsichtiger Mensch war, hätte ihn anderenfalls bestimmt darauf hingewiesen. Er nahm die Koffer einzeln in die Hand, wog und schüttelte sie. In einem klapperte etwas, diesen stellte er gleich wieder beiseite, ebenso einen anderen, sehr schweren. Von den drei übrigen nahm er den, der am besten aussah. Er stellte sich vor, dass irgendeine Diakonieschwester die Koffer gepackt hatte; sie hätte den Talar aus Achtung oder Ehrfurcht in einen besseren Koffer getan.

Er öffnete den Koffer und fand zu seinem Erstaunen Unterhosen, Unterhemden, Strümpfe und Schlafanzüge.

Er öffnete den zweitbesten Koffer und fand seinen Talar obenauf liegend, darunter einen festen Umschlag, der das Beffchen enthielt. Der Talar war von der langen Aufbewahrung im Koffer zerknittert und Herr Schwarz würde furchtbar darin aussehen, aber das war nicht zu ändern. Er hätte eben früher daran denken müssen.

Herr Schwarz hatte den Talar lange nicht getragen und besah sich verwundert im Spiegel. Er hatte einen Brief von Kirchenrat Botsch erhalten, in dem es hieß, es werde aufgrund der gegenwärtigen politischen Verhältnisse und der schwierigen Verkehrslage niemand kommen, um ihn, wie es sonst üblich war, einzuführen; er möge sich daher selbst auf angemessene Weise vorstellen.

Sein Herz klopfte, als er beim Glockenläuten zur Kirche hinüberging. Es war ein schöner, sonniger Maitag. Die Kirchenvorsteher standen vor der Tür, diesmal in ihren besten Kleidern; der Geruch nach Mottenkugeln war ungleich stärker. Sie begrüßten ihn freundlich.

„Ich habe einen Brief bekommen", sagte einer von ihnen, der sich als Herr Wagner vorgestellt hatte; Herr Schwarz, nahm an, dass er der Vertrauensmann war. „Von der Kirche kommt sonst niemand, also haben wir uns überlegt, dass wir Sie einführen. Wir wissen nicht, wie das sonst gemacht wird, darum haben wir uns selbst etwas ausgedacht. Wir hoffen, das stört sie nicht."

Herr Schwarz schüttelte lächelnd den Kopf. Er hatte das Gefühl, dass ihm das sogar gefallen könnte.

Sie nahmen ihn in ihre Mitte und führten ihn so, als es anfing zu läuten, in die Kirche. Im Hineingehen warf Herr Schwarz einen Blick auf die Tür: Der uralte Beschlag, der noch aus dem Mittelalter stammen mochte, wies eigenartige Dellen und Schrammen auf und um ihn herum, im Holz, waren Einschusslöcher zu sehen. Die Soldaten waren nicht hineingelangt, dachte er. Sie hatten die weiße Fahne vom Turm nehmen wollen, aber sie waren nicht hineingelangt. Der Gedanke berührte ihn. Herr Schwarz empfand ein eigenartiges Gefühl. Er vermutete, dass es Stolz war, oder etwas ähnliches.

Sie traten in die voll besetzte Kirche und die Gemeinde erhob sich. Die Orgel ertönte. Herr Wagner begrüßte ihn mit einfachen, aber herzlichen Worten, wünschte ihm Glück und Erfolg für seine Aufgabe und überreichte ihm einen Leib Brot und ein Tütchen Salz, außerdem, da das Brot alleine eine allzu trockene Angelegenheit wäre, einen Schinken und ein Stück Butter, woraufhin alles lachte. Herr Schwarz wusste, dass es sich um wertvolle Gaben handelte und nahm sie daher mit einer dankbaren Verbeugung entgegen.

Dann forderte Herr Wagner ihn auf, sich selbst vorzustellen.

Herr Schwarz stand nun da, mit dem Leib Brot im einen und dem Schinken im anderen Arm und sagte seinen Namen und wo er geboren war.

Dann schwieg er.

Es war nicht so, dass er nicht sprechen wollte, im Gegenteil, es fühlte sich an, als ob Worte jeden Moment aus ihm herausströmen würden. Er sah in die erwartungsvollen Gesichter der Leute und lächelte.

Aber es kam nichts.

Herr Wagner bemerkte, dass etwas nicht in Ordnung war, und kam ihm zu Hilfe. „Sie sind ein bescheidener Mann", sagte er, „Sie sparen sich ihre Worte für die Predigt auf." Er wünschte ihm erneut Glück und Erfolg und nickte zur Orgel hinauf. Das Eingangslied wurde gesungen, der Gottesdienst nahm seinen gewohnten Lauf. Herr Schwarz war erleichtert, denn es war genau festgelegt, was jetzt zu sagen war. Seine Predigt hatte er nach seiner Gewohnheit Wort für Wort aufgeschrieben, sie musste nur noch vorgelesen werden.

Bald war der Gottesdienst vorbei. Die Leute schienen zufrieden, der peinliche Moment am Anfang schien vergessen zu sein. Herr Schwarz wusste, dass er seine Sache insgesamt gut gemacht hatte. Die Kirchenvorsteher luden ihn sogleich zu einem Umtrunk ins Wirtshaus ein, aber er lehnte ab. Er sagte, er wolle gerne ein anderes Mal mit ihnen gehen, aber heute müsse er für sich sein und nachdenken. Er glaubte, Verständnis in ihren Blicken zu erkennen.

Johanna kam mit seinen Willkommensgeschenken in den Armen vorbei und er lud ihr zusätzlich noch seinen Talar und seine Bücher auf. Sie warf ihm einen vorwurfsvollen Blick zu, sagte aber nichts. Er bedankte sich bei Herrn Wagner für die freundlichen Worte, nahm seine Hand und schüttelte sie, drehte sich um und marschierte los, über den Friedhof, durch den Garten des Pfarrhauses und ein Tor nach hinten hinaus, das auf einen halb überwachsenen Weg oder eine ehemalige Straße führte, die lang zu sein schien und einsam; er hatte den Weg oder die Straße von seinem Schlafzimmerfenster aus gesehen. Sie führte zu beiden Seiten an Feldern und Wiesen entlang, hinter denen sich Wald wie eine dunkelgrüne Mauer erhob.

Er lief lange. Niemand begegnete ihm; es war Sonntag, die Männer saßen in den Wirtshäusern, die Frauen kochten und die Kinder standen in ihren Sonntagskleidern steif und unbehaglich herum. Wenn sie wüssten, dass er ohne Ziel und Absicht diese alte Straße entlanglief, würden sie vermutlich alle miteinander die Köpfe über ihn

schütteln. Wer hatte schon Zeit für so einen Unsinn?

Herr Schwarz aber wusste, dass das Laufen ihm
guttat. Sobald er seinen Rhythmus gefunden
hatte, wurde er ruhiger. Die vielen fremden Gesichter in der Kirche hatten ihm Angst gemacht.
War das früher auch so gewesen? Er wusste es
nicht mehr, und eigentlich war es ja auch egal. Er
lief weiter, ganz mechanisch jetzt, ganz gleichmä-
ßig.

Irgendwann sah er beiläufig auf seine Uhr und erschrak: Eine Stunde war er mindestens schon unterwegs; er hatte nicht darauf geachtet, wann er
losgelaufen war. Er dachte an Johanna und was
immer sie in diesem Moment als Mittagessen vor-
bereiten würde, und kehrte reumütig um. Er hatte
sie gern und wollte sie nicht enttäuschen, indem
er zu spät zu ihrem ersten Sonntagsessen kam.

Als er schon nicht mehr allzu weit vom Dorf ent-
fernt war, zogen Regenwolken auf. Herr Schwarz
lief schneller. Es wurde dunkler. Schon spürte er
die ersten Tropfen auf dem Kopf und auf den Händen. Er wusste, er würde es vor dem Regen nicht
rechtzeitig bis nach Hause schaffen, und er
hasste es, nass zu werden, denn er erkältete sich
leicht. Doch da war eine kleine Scheune; beinahe
nur ein Schuppen. Auf dem Hinweg war sie ihm

gar nicht aufgefallen. Während er darauf zusteuerte, prüfte er, aus welcher Richtung der Wind kam. Im Moment, als der Regen richtig anfing, erreichte er die windabgewandte Seite der Scheune, wo sich auch ein Tor befand, das leider, wie er feststellen musste, mit einem starken Vorhängeschloss gesichert war.

Der Regen stürzte jetzt prasselnd herab. Herr Schwarz lehnte sich an das Tor; das überhängende Dach schützte ihn, so dass er nicht nass wurde. Er stand eine Weile da und schaute gedankenverloren in den Regen hinaus. Dann kehrten sein Zeitgefühl und seine Aufmerksamkeit zurück und er betrachte die Dinge, die ihn umgaben: Das hohe Gras, das die kleine Scheune umgab; das eingewachsene Tor, ein Hinweis, dass schon einige Zeit niemand mehr hindurchgegangen war. Dennoch war alles in einem einwandfreien Zustand: Keine losen Bretter, keine Spalten oder Ritzen, durch die Feuchtigkeit und Schmutz hätten eindringen können. Herr Schwarz mochte es, wenn Menschen ihre Dinge pflegten. Es war ein Ausdruck von Ordnung und Sorgfalt, Tugenden, die er sehr schätzte.

Ihm kam der Gedanke, dass sich etwas Wertvolles in der Scheune befinden mochte, aber es war selbstverständlich müßig, darüber zu spekulieren.

Später einmal würde er sagen: „Wenn ich gewusst hätte…"

Aber er hatte natürlich nicht gewusst.

Herr Schwarz bemerkte, dass der Regen nachließ. Es wurde rasch heller; das Unwetter verzog sich so schnell, wie es gekommen war. Noch ein paar Minuten vielleicht, dann könnte er sich auf den Weg machen, und wenn er sich beeilte, würde er es gerade noch zum Mittagessen schaffen.

Es war Sonntag, der 13. Mai 1945.

Kapitel 6

In den folgenden Tagen und Wochen hatte Herr Schwarz nicht viel Muße, denn Johanna hielt ihn auf Trab. Sie war eine mäßige Köchin, aber eine geschickte Haushälterin. Sie besorgte Saatkartoffeln, Steckzwiebeln und Sämereien. Herr Schwarz musste den brachliegenden Gemüsegarten umgraben und helfen, die Beete zu bestellen. Sie brachte ihn dazu, dass er den uralten, morschen Hühnerstall reparierte und schaffte dann eine kleine Herde Küken an. Sie sammelte im Wald totes Holz und ließ es ihn in ofengerechte Stücke sägen. Er bekam Schwielen an den Händen, aber wenn er sich abends müde an den Tisch setzte, fühlte er etwas, das er für Glück hielt oder jedenfalls für Zufriedenheit. Er glaubte, dass es Johanna ähnlich oder genauso ging. Sie pflegten schweigend zu essen, und auch sonst sprachen sie nicht viel. Herr Schwarz wusste nicht, was er sagen sollte, und Johanna offensichtlich auch nicht.

Eines Tages aber überreichte sie ihm beim Frühstück eine Liste von Dingen, die sie ihrer Meinung nach bräuchten, und bat um Geld, damit sie diese in der Stadt kaufen könnte. Herr Schwarz hatte nichts Dringendes zu tun und sagte, er würde selbst mitkommen, wenn sie nichts dagegen hätte, um die Stadt anzusehen. Johanna sagte, es wäre ihr sogar sehr recht, denn dann müsse sie nicht alles alleine nach Hause tragen. Sie machte ein paar Butterbrote zurecht und füllte Wasser in zwei leere Bierflaschen. Dann brachen sie auf.

Das Wetter war schön und frühsommerlich mild. Die Tage zuvor hatte es nicht geregnet, und die Straßen und Wege waren trocken. Sie kamen gut voran und erreichten die Stadt in etwa einer Stunde. Unterwegs begegneten sie einer kleinen Kolonne amerikanischer Militärfahrzeuge und einer Handvoll Fußgänger, die wie sie in die Stadt wollten oder von dort kamen.

Jedenhausen war eine mittelalterliche Kleinstadt. Es gab einen Marktplatz mit einem Brunnen, um den sich neben der Kirche und dem Rathaus eine kleine Anzahl von Geschäften drängte. Sie kauften Bindfaden und Nähgarn, Waschmittel, Essig, Salz und noch ein paar andere Kleinigkeiten. Im Kolonialwarenladen erstanden sie ein Pfund echten Kaffee. Er kostete 400 Mark; Johanna behauptete, das sei besonders günstig. Herr

Schwarz, der in seiner Kindheit bereits Abermillionen Reichsmark ausgegeben hatte, um lediglich eine Schachtel Streichhölzer zu kaufen oder ein Stück Seife, glaubte es ihr sofort.

Als sie den Laden verließen, fiel ihm etwas am Türstock auf. Man konnte sehen, dass dort lange Zeit ein schmaler, länglicher Gegenstand befestigt gewesen sein musste, um den jahrzehnte-, wenn nicht jahrhundertelang herum gestrichen worden war; ein dicker Wulst in unterschiedlichen Farbtönen zeigte genau seine Konturen an. Er wusste sofort, dass an dieser Stelle eine Mesusa befestigt gewesen war, eine Schriftkapsel, wie es bei jüdischen Haushalten üblich war, denn die leere Stelle, die der Gegenstand zurückgelassen hatte, war schräg und das obere Ende zeigte zum Haus hin. Er machte Johanna darauf aufmerksam, aber sie sah nur kurz hin und tat dann, als ob sie nichts gehört oder gesehen hätte, was ihn ein wenig irritierte. Als sie jedoch ein paar Meter weitergegangen waren, bestätigte sie seine Vermutung. Das Geschäft habe in ihrer Kindheit noch jüdischen Leuten gehört. Der jetzige Besitzer sei wahrscheinlich irgendwo im Osten oder Westen in Gefangenschaft oder tot, genau wie seine beiden Söhne. Die Frau und die drei Töchter, die unterdessen das Geschäft weiterführten, lebten seit dem Ende des Krieges in ständiger Angst vor Enteignung und Obdachlosigkeit. Sie wollten bestimmt nicht darauf angesprochen werden.

Herr Schwarz wollte wissen, ob es noch mehr Juden in Jedenhausen gegeben habe, und Johanna sagte, die Juden hätten sogar eine eigene Kirche gehabt. Herr Schwarz erklärte ihr, dass das jüdische Gotteshaus Synagoge genannt werde, und fragte, ob Johanna sie ihm wohl zeigen könne.

Johanna sah sich um, als wollte sie sichergehen, dass sie nicht beobachtet würden, und führte ihn in eine schmale Gasse, die vom Marktplatz abging. Die Giebel der sich gegenüberstehenden Häuser berührten sich beinahe - so schien es jedenfalls. Es war dunkel und kühl. Herr Schwarz konnte im Vorübergehen an einigen Türstöcken Abdrücke von abgebauten Mesusot sehen. Es musste das ehemalige jüdische Viertel sein.

Nach etwa fünfzig Metern wurde die Gasse breiter und öffnete sich schließlich zu einer Art Platz, hinter dem die Stadt zu Ende war. Die Mitte dieses Platzes bestand aus einem grasbewachsenen, ungepflegten Grundstück. Johanna sah sich erneut um und zeigte dann verstohlen darauf.

Herr Schwarz verstand und nickte. In seinem früheren Wohnort hatten sie 1939 auch die Synagoge angezündet, mit einem großtuerischen Gehabe, das man als lächerlich empfunden hätte, wenn es nicht so unfassbar niederträchtig gewesen wäre. Es war dieser Tag gewesen, an dem er verstanden hatte, dass das Böse nicht nur eine Geschichte war oder ein religiöses oder philosophisches Theorem, sondern leibhaftig und gefährlich.

Es gab keinen Grund mehr zu bleiben, also machten sich auf den Heimweg. Außerhalb der Stadt, auf einem Hügel, den sie überqueren mussten, fanden sie eine gute Stelle für ihre Mittagspause. Sie holten die Brote und das Wasser heraus und aßen und tranken schweigend. Dann, ohne dass er gefragt hätte, erzählte Johanna, wie es gewesen war.

„Mein Vater", sagte Johanna, „war ein schlichter Mensch, der nie einsehen konnte, wozu man etwas lernen sollte, wenn es doch für die Ungelernten so viel zu tun gab. Er mochte die Nazis, weil sie genauso dumm waren wie er selbst." Das waren genau ihre Worte. Dann weinte sie ein bisschen, aus Selbstmitleid, wie sie sagte. „1942 meldete er sich freiwillig zur Waffen-SS. Er wurde genommen, denn er war blond, blauäugig, muskulös und brutal. Er musste an die Ostfront. Er ging fröhlich fort, aber seine Armee wurde in

Russland besiegt. Das ist das letzte, was wir wissen. Er ist entweder in Gefangenschaft oder tot. Meine Mutter glaubt fest, dass er in Gefangenschaft ist. Sie redet, als ob es schon ausgemacht wäre, dass er eines Tages zurückkommt. Sie vermisst ihn." Johanna machte eine kurze Pause. „Ich vermisse ihn nicht. Ich wünsche mir, dass er tot ist. Finden Sie, dass ich böse bin, weil ich so denke?"

Herr Schwarz schüttelte den Kopf.

Nach einer Weile fragte er sie, ob sie wisse, wie und unter welchen Umständen die Synagoge zerstört wurde.

Johanna sagte, sie wäre sogar dabeigewesen. „An dem Tag hat mein Vater meine ältere Schwester und mich und meinen nächstjüngeren Bruder mit in die Stadt genommen. Einige aus dem Dorf gingen mit uns. Ich war erst zehn Jahre alt, aber ich wusste schon, was ein Nazi war, und es war mir so unangenehm, mit zu müssen, denn mir war klar, dass nur solche Leute dort sein würden. Meine Mutter wollte nicht, dass wir mitgingen, aber mein Vater bestand darauf. Er behauptete, es wäre ein großer Tag. Ein Tag, an den wir uns erinnern würden. Was das betrifft, hat er Recht behalten. Ich erinnere mich daran."

Als sie ankamen, war der Marktplatz voller Leute.

Johanna bekam Angst, denn die Leute schrien, nein: sie brüllten! Johanna spürte, dass sie willens und bereit waren, die schlimmsten Dinge zu tun. Die Menge schob sich die enge Gasse entlang. Sie brachen die uralte Tür der Synagoge auf und warfen von innen Möbel durch die Fenster. Glas splitterte, Holz krachte. SA-Leute trugen goldene und silberne Dinge davon. Johanna wusste, dass es auch in ihrer Kirche goldene und silberne Dinge gab. Sie fühlte, dass es eine Sünde war, was da geschah, ein Verbrechen an Gott genauso wie an den Menschen. Johanna weinte vor Angst, und ihre Geschwister weinten auch. Ihr Vater bemerkte es nicht. Er schrie und schrie, „Heil!" und „Deutschland!" und „Die Juden sind unser Unglück!" Jemand kam mit einem Benzinkanister. Die Feuerwehr kam mit ihrer Spritze. Plötzlich stand die Synagoge in Flammen; sie war ganz aus Holz erbaut und brannte lichterloh. Die Feuerwehrleute sahen zu. Die Leute schrien noch viel mehr, „Heil!" und „Hurra!", es war nicht auszuhalten. Jemand packte sie von hinten und zog sie fort; es war ihre Mutter, die ihnen doch noch nachgegangen war. Sie zog ihre Kinder hinaus aus der Gasse und setzte sie an den Marktbrunnen, bis sie aufgehört hatten zu weinen.

„Dann gingen wir nach Hause. In der Nacht, als mein Vater endlich auch nach Hause kam, betrunken und erhitzt von seiner vergeblichen Suche nach uns Kindern, gab es einen lautstarken Streit. Meine Mutter und mein Vater schrien sich an. Irgendetwas in der Küche ging zu Bruch, ein Teller oder eine Schüssel. Meine Schwester und ich schliefen direkt darüber in unserer Kammer. Wir hatten Angst. Wir dachten, dass er unserer Mutter weh tun würde. Wir lagen da in unserem Bett, die Decke über unsere Köpfe gezogen, und hielten uns die Ohren zu."

Nachdem Johanna ihre Geschichte beendet hatte, saßen sie noch eine Zeit lang schweigend da und sahen auf die kleine Stadt hinunter. Herr Schwarz fand, dass sie friedlich aussähe, gar nicht wie ein Ort, an dem etwas so Böses geschehen war.

Kapitel 7

Herr Schwarz wagte sich nicht an seine Koffer heran. Die meisten standen noch immer unberührt in dem Zimmer, in das er sie gestellt hatte, als er eingezogen war. Seine Kleider hatte er natürlich ausgepackt, aber von dem Rest wollte er nichts wissen. Um sich abzulenken, arbeitete er viel, im Beruf und im Haushalt, und wenn er nachts erschöpft ins Bett fiel und sofort einschlief, war es ein guter Tag gewesen.

Unterdessen wurde nach und nach das ganze Ausmaß der Katastrophe bekannt. Einige hatten zuerst noch gemutmaßt, die Amerikaner würden bald wieder zurückgeworfen und vertrieben, aber nach und nach verloren sich diese Stimmen ganz. Die Reichsregierung oder was von ihr noch übrig war, war gefangen genommen und nach Nürnberg gebracht worden. Sie sagten es so im Radio; Herr Schnell hatte es mehr als einmal gehört. Er gab jetzt offen zu, schon seit Jahren BBC gehört zu haben, und niemand machte ihm deswegen Vorwürfe. Andere brachten dieselbe Kunde aus der Stadt mit, wo die Militärregierung in mehreren

Schaukästen ihre Mitteilungen aushängen ließ. Man hörte jetzt auch die unglaublichsten und schrecklichsten Dinge, von Leichenbergen, die die Alliierten in den Konzentrationslagern gefunden hätten, und von Massengräbern voll ausgemergelter Leiber. Wiederum behaupteten einige, das wäre gelogen, aber Herr Schwarz glaubte jedes Wort davon; er hatte schon immer gewusst, dass die Nationalsozialisten zu allem fähig waren, denn er glaubte, das Böse in ihnen gespürt zu haben. Im Lauf der Tage und Wochen verstummten auch ihre letzten Anhänger im Dorf. Ein Mann, der in den Jahren der Diktatur „jemand" gewesen war, ein Mensch, den man weniger geachtet, aber umso mehr gefürchtet hatte, galt plötzlich überhaupt nichts mehr, und die Leute lachten über ihn, wenn er von Haus zu Haus ging, um die Bauern um ein wenig Brot für seine Kinder zu bitten; vor der „Machtergreifung" war er ja nur ein einfacher Tagelöhner gewesen, und jetzt war er nicht einmal mehr das. Herr Schwarz hatte Mitleid mit ihm, aber als er das einmal beim Abendessen erwähnte, entgegnete Johanna, dass es gewiss keinen Unschuldigen träfe. Herr Schwarz wollte gerne mehr wissen, aber Johanna sagte von sich aus nichts mehr, und er schämte sich nachzufragen, weil er nicht für so neugierig gehalten werden wollte, wie er in Wirklichkeit war. Auch sonst schienen alle das Thema meiden zu wollen, und als sich bald darauf auf der Landstraße ein schrecklicher Unfall mit mehreren Toten ereignete, hatte er auch gar keine Zeit mehr für Nachforschungen und Erkundigungen und vergaß die ganze Geschichte wieder.

Kapitel 8

Wochen vergingen. Eines Morgens läutete es an der Haustür. Herr Schwarz hatte keine Lust hinzugehen. Er saß an seinem Schreibtisch und arbeitete an seiner Sonntagspredigt. Er hoffte, dass Johanna öffnen würde. Aber sie hörte offenbar nicht oder war nicht im Haus oder hatte ebenfalls keine Lust. Es läutete wieder und noch einmal. Herr Schwarz seufzte und stand auf. Als er die Haustür öffnete, stand ihm ein unbekannter Mann gegenüber, der ihm sogleich mitteilte, dass er vergesslich wäre.

Herr Schwarz, der nicht recht wusste, was er daraufhin erwidern sollte, beließ es bei einem verständnisvollen Nicken.

„Sehr vergesslich", betonte der Mann, „sehr, sehr vergesslich."

Herr Schwarz lehnte sich gegen den Türstock und verschränkte die Arme.

„Ich habe", sagte der Mann, „den Auftrag, Ihnen mitzuteilen, dass unser Herr Pfarrer Sorg Sie freundlichst zum Kaffee einlädt, und zwar heute, gegen drei Uhr."

Herr Schwarz sagte, das sei ein wenig kurzfristig.

„Ja, nun", sagte der Mann verlegen, „ich sollte es Ihnen ja auch schon vor zwei Wochen sagen. Ich komme täglich her, der Arbeit wegen. Daher bat mich unser Herr Pfarrer Sorg, Ihnen diese Einladung zu überbringen. Ich habe mich nur leider eben erst wieder daran erinnert."

Herr Schwarz fragte, wie weit es denn wäre.

„Mit dem Fahrrad brauche ich etwa eine Viertelstunde", sagte der Mann.

Herr Schwarz sah, dass der Mann sein rechtes Hosenbein hochgekrempelt hatte, also war er mit dem Fahrrad gekommen. Herr Schwarz fragte, wo er es abgestellt hätte.

„Ich habe es bei der Kirche abgestellt und bin über den Friedhof gegangen; ein Onkel von mir ist hier beerdigt."

Herr Schwarz nickte zufrieden und fragte, wann er mit der Arbeit fertig wäre.

„Sie können mein Fahrrad nicht leihen, wenn es das ist, was Sie wollen", entgegnete der Mann mit größerem Scharfsinn, als seine behauptete Vergesslichkeit erwarten ließ. „Ich brauche es vielleicht während der Arbeit. Man schickt mich manchmal, Briefe zuzustellen."

Herr Schwarz seufzte.

Johanna wusste, dass einer der Kirchenvorsteher ein Fahrrad besaß. Er bat sie, hinzugehen und zu fragen, ob er es sich leihen könne, aber sie behauptete, er bewege sich ohnehin zu wenig und könne selbst gehen, das würde ihm nicht schaden.

Er ging also nach dem Essen hin und bekam tatsächlich das Fahrrad. Er sah auf die Uhr und dachte, dass er noch Zeit hätte für einen kleinen Mittagsschlaf. Als er jedoch mit einem fröhlichen Klingeln in seinen Hof einfuhr, streckte Johanna den Kopf zum Fenster heraus und sagte, es wäre gut, dass er gleich wieder käme, denn dann könne er vor seiner Abfahrt noch den Hühnerstall ausmisten. Herr Schwarz verzog das Gesicht, fügte sich jedoch. Immerhin sorgte Johanna nun schon seit zwei Monaten erfolgreich für eine gut gefüllte Speisekammer, hatte bereits Konserven für das Winterhalbjahr hergestellt und sogar eine ganze Reihe von Städtern, die zum „Hamstern", wie sie das nannten, aufs Land gekommen waren, unterstützt.

Als er mit seiner Arbeit fertig war, hatte er gerade noch Zeit, sich die Hände und das Gesicht zu waschen, dann musste er auch schon los, wenn er pünktlich dasein wollte.

Herr Sorg lebte mit seiner Frau und einer Vielzahl an Kindern in einem Haus, das für ihn und seine Familie nicht annähernd groß genug zu sein schien. Er war ein freundlicher und umgänglicher Mensch, der das Leben auf dem Land liebte und eine große Gemütsruhe ausstrahlte. Sie unterhielten sich über das Ende des Krieges, den Hunger in den Städten und die schrecklichen Nachrichten aus den Konzentrationslagern. Herr Schwarz, der sich noch lebhaft an seinen Besuch in Jedenhausen und an Johannas Erzählung erinnerte, fragte ihn, ob es in der Gegend wohl viele „deutsche Christen" gegeben hätte, Anhänger der Nationalsozialisten, die eine Art „germanisches Christentum" oder etwas in der Art anstrebten. Statt einer Antwort stand Herr Sorg auf und schloss die Fenster.

„Mein Vorgänger war ein solcher", sagte er, als er wieder Platz nahm. „Unter dem Talar trug er die SA-Uniform. Dass die Juden aus der Stadt vertrieben wurden - wie sie vertrieben wurden und auch die Schändung und die Zerstörung der Synagoge, daran war er nicht unmaßgeblich beteiligt."

Herr Schwarz nickte und fragte, was aus ihm geworden wäre. Denn etwas musste geschehen sein, etwas Außerordentliches, dass ein Mann wie Pfarrer Sorg einem „deutschen Christen" nachfolgen konnte; Herr Schwarz stellte sich vor, dass er die Tochter des Bürgermeisters belästigt hatte oder Spendengelder veruntreut.

Das Letztere war der Fall.

„Als die Leute ihr Geld zurückverlangten, konnte er es ihnen nicht geben. Daraufhin gingen einige zum Kirchenpfleger und verlangten die Bücher einzusehen. Der Kirchenpfleger bekam es mit der Angst zu tun und gab ihnen die Bücher. Sie gingen ins Wirtshaus und saßen dort stundenlang über den Zahlen. Der Pfarrer kam und verlangte die Bücher zurück, aber sie warfen ihn hinaus. Als sie endlich fertig waren, gingen sie schnurstracks zur Polizei. Sie konnten beweisen, dass der Pfarrer eine große Summe Geld veruntreut hatte. Die Polizei unternahm zuerst nichts, denn der Pfarrer stand unter dem Schutz des Gauleiters, dem er persönlich bekannt war, aber als es sich herumsprach, hatte der Dieb plötzlich niemanden im Dorf mehr auf seiner Seite. Er wurde unverzüglich entlassen und die Landeskirche, die das Recht hatte, die Stelle zu besetzen, bat mich, hierher zu wechseln. Das war keine leichte Entscheidung, aber ich war immer der Meinung, dass man sich seinen Aufgaben stellen muss, und solange ich meine Familie bei mir habe, bringt mich nichts aus der Fassung. Obwohl die erste Zeit hart war!"

Herr Schwarz hatte aufmerksam zugehört und nickte.

„Die Nazis schienen damals überall zu sein", fuhr Herr Sorg fort, indem er sich vorbeugte. „In den Gemeinderäten! In den Schulen! Selbst in den Kirchenvorständen hatten sie das Sagen. Es war ein wahrer Eiertanz, den ich vollführt habe, und oft habe ich gedacht oder gefürchtet, dass es mir an den Kragen geht. Aber ich habe nie über Politik gesprochen, nie über Volk und Rasse und den ganzen Unsinn. Ich habe immer nur meine Bibel ausgelegt und meinen Garten bestellt. Die Leute mochten mich. Ich wurde ihr Freund. Das hat mich gerettet." Er lehnte sich zurück und schwieg.

„Ihr Vorgänger", fing er nach einer Weile wieder an, „hatte es auch nicht leicht."

Jetzt beugte Herr Schwarz sich vor. Der Besuch wurde immer interessanter. Doch im selben Moment läutete es, und Herr Sorg stand auf um zur Tür zu gehen. Als er wiederkam, sagte er, es gäbe einen Sterbefall, um den er sich kümmern müsse; er hoffe aber auf ein baldiges Wiedersehen. Herr Schwarz war enttäuscht, sah aber ein, dass er es für heute genug sein lassen musste.

Auf der Heimfahrt dachte er über das, was er erfahren hatte, nach. Es war ihm nicht klar gewesen, dass die Nationalsozialisten hier auf dem

Land soviel Einfluss gehabt hatten, und wenn er Herrn Sorg richtig verstanden hatte, war das auch in Nahental so gewesen. Herr Schwarz wollte mehr darüber wissen, und insbesondere, ob der Nahentaler Lehrer, Herr Aukh, auch ein Nationalsozialist gewesen war. Denn Herr Aukh war nicht nur Lehrer, sondern gleichzeitig Organist und damit einer der wichtigsten Mitarbeiter der Kirchengemeinde. Herr Schwarz hatte ein paar Mal mit ihm gesprochen und jedes Mal gespürt, dass er seine wahren Gedanken verbarg. Das hatte ihm zuerst nur missfallen, jetzt erschien es ihm plötzlich verdächtig. Herr Aukh war geradezu störend schweigsam. Was hatte er auf dem Gewissen, dass er sich so verschloss?

Herr Schwarz hatte gelernt, seinen Instinkten zu vertrauen. Noch ehe wieder zu Hause angelangt war, war er sich so gut wie vollkommen sicher, dass sein Organist etwas verbrochen hatte, und er nahm sich vor herauszufinden, was es war.

Kapitel 9

Herr Schwarz hatte also beschlossen, ein Verbrechen aufzudecken, von dem ihm nur sein Gefühl sagte, dass es überhaupt stattgefunden hatte. Was noch dazu kam, er wusste nicht, wie er es anfangen sollte, Nachforschungen anzustellen, ohne dabei indiskret zu sein. Es kostete ihn die größte Mühe, nichts zu sagen oder zu tun, sondern abzuwarten, bis sich eines Tages eine günstige Gelegenheit ergäbe. Seine Geduld wurde jedoch auf keine allzu harte Probe gestellt.

Nur wenige Wochen waren seit seinem Besuch bei Herrn Sorg vergangen; zu einer Wiederholung oder gar zu einer Gegeneinladung hatte sich unterdessen keine Gelegenheit ergeben. Herr Schwarz saß an seinem Schreibtisch, als er hörte, wie Johanna vom Milchholen zurückkam - ungewöhnlich bald, wie er dachte; sonst brauchte sie länger. Ihre schnellen Schritte kamen näher, und er wandte sich erwartungsvoll der Tür zu.

Johanna klopfte und trat sofort ein.

Sie wäre zum Milchholen gegangen, sagte sie.

Herr Schwarz beugte sich erwartungsvoll vor.

Unterwegs habe sie mehrere Dorfbewohner getroffen, die ihr alle dasselbe erzählten: Dass der Bürgermeister und außer ihm noch drei Männer, die im Ort bis zum Kriegsende das Sagen gehabt hatten, von den Amerikanern abgeholt worden wären. Johanna nannte die Namen dieser drei Männer, aber Herr Schwarz war noch nicht lange genug in Nahental, um sie alle mit bestimmten Gesichtern in Verbindung zu bringen; aus der Kirche glaubte er sie nicht zu kennen. Johanna sagte, es habe sich bei ihnen um den früheren Ortsgruppenleiter der NSDAP gehandelt, seinen Stellvertreter und den Schriftführer. Man wisse noch nichts über ihren Verbleib.

Herr Schwarz fand, dass Johanna aufgebracht wirkte und fragte, ob man die Männer ihrer Meinung nach zu Unrecht verhaftet hätte.

Johanna sah ihn entgeistert an; wie er denn darauf käme? Das Gegenteil wäre der Fall. Die Amerikaner hätten zu wenige mitgenommen! Nur diese vier - das wäre einfach lächerlich. Sie war laut geworden, während sie gesprochen hatte; jetzt stemmte sie die Hände in die Hüften und sah ihn böse an.

Nachdem sie sich so einen Moment lang gesammelt hatte, begann sie, an ihren Fingern eine ganze Reihe von Namen aufzuzählen, darunter auch den des Lehrers; Herr Schwarz spitzte die Ohren. Diese alle, sagte sie, gehörten ihrer Meinung nach ebenfalls hinter Gitter, und sie hoffe sehr, dass sie eines Tages dorthin kämen.

Herr Schwarz fragte, was sich der Lehrer habe zuschulden kommen lassen. Da merkte Johanna, dass sie möglicherweise mehr gesagt hatte, als gut war. Sie wurde rot und entschuldigte sich; sie hätte die Namen und das Ansehen dieser Leute nicht vor ihm beschädigen wollen. Sie fände durchaus, es solle sich jeder aus eigener Anschauung seine Meinung bilden, nicht aufgrund von böswilligem Gerede.

Herr Schwarz wies scheinheilig darauf hin, dass er mit den meisten Namen ohnehin nichts anfangen könne, weil er noch nicht lange genug da wäre; er habe sie sogar schon wieder vergessen. Der Lehrer jedoch hätte in seiner Eigenschaft als Organist der Kirchengemeinde eine besondere Bedeutung für ihn, und wenn es Vorwürfe gegen ihn gäbe, so wolle er davon wissen.

Er erkannte, dass Johanna eigentlich nichts mehr sagen wollte, aber nicht wusste, wie sie das anfangen sollte, ohne für unfolgsam gehalten zu werden. Also sprach sie, achtete jedoch sorgfältig auf ihre Worte. Herr Aukh, sagte sie, habe beispielsweise diese Textaufgaben gestellt, etwa in der Art: Es koste soundsoviel Geld, soundsoviele Erbkranke in irgendwelchen Heimen durchzufüttern; wieviele arische Kinder könne man dafür zur Schule schicken? Ein anderes Mal, bei einem Diktat, hatte er das Gleichnis vom barmherzigen Samariter vorgelesen, nur dass das Opfer darin ein von Juden beraubter und halb totgeschlagener Arier war und der Samariter gar Hitler selbst.

Das Gleichnis vom barmherzigen Hitler, dachte Herr Schwarz verblüfft. Die Vorstellung erschien ihm geradezu grotesk. Er bezweifelte jedoch nicht, dass Johanna die Wahrheit sagte, denn es passte zu all den anderen schrecklichen Dingen, von denen er gehört und die er selbst gesehen hatte. Menschen, in tiefer Nacht aus ihren Betten gezerrt, in ihren Nachthemden durch die Straßen getrieben, in Güterwaggons abtransportiert und, wie man mittlerweile nicht mehr nur ahnte, sondern wusste, in Massen ermordet. Und die Lügen, all die gottlosen Lügen! Ein bitteres Gefühl stieg in ihm auf, der Wunsch, es möchte eine Hölle geben und eine gerechte Strafe für die Verbrecher.

Dann fiel ihm ein, dass es Lehrpläne gab und Vorschriften für den Unterricht. Er fragte Johanna, ob sie tatsächlich den Eindruck gewonnen hätte, dass Herr Aukh ein überzeugter Nazi war; bestünde nicht auch die Möglichkeit, dass er als Befehlsempfänger gehandelt hatte?

Johanna sagte nach einigem Nachdenken, die Möglichkeit bestünde zwar, aber sie habe Herrn Aukh immer für einen Anhänger und Freund der Nazis gehalten.

Herr Schwarz seufzte. Er sagte, er wolle den Lehrer selbst darauf ansprechen.

Johanna nickte. Wenn man vernünftig darüber nachdächte, meinte sie, wäre das die beste Art, damit umzugehen, auf jeden Fall aber die ehrlichste.

Herr Schwarz suchte also die Lieder für den nächsten Sonntag aus und notierte sie auf einen Zettel. Er wollte sich schon auf den Weg machen, als ihm einfiel, dass es noch nicht ein Uhr war und der Unterricht noch nicht zu Ende. Er wartete also ungeduldig bis nach dem Mittagessen und ging dann raschen Schrittes zum Schulhaus hinunter, in dessen oberem Stockwerk Herr Aukh seine Wohnung hatte.

Er stieg die Treppe hinauf, klopfte, übergab dem Lehrer, als er öffnete, seinen Zettel und bat ihn gleichzeitig um eine kurze Unterredung.

Herr Aukh führte ihn in sein Arbeitszimmer und bat ihn, Platz zu nehmen.

Ob er gehört habe, fragte Herr Schwarz, dass der Bürgermeister und drei weitere Männer verhaftet wurden?

Herr Aukh wirkte sehr betroffen. „Ich habe es gehört", sagte er.

Herr Schwarz beschloss, ohne Umschweife zur Sache zu kommen. Ob Herr Aukh selbst den Nazis angehört und Dinge getan habe, die man ihm möglicherweise zur Last legen könnte?

Herr Aukh erblasste. Er brauchte einen Moment, um sich zu sammeln. Dann sagte er mühsam beherrscht, aber dennoch frei heraus: „Ich bin, das heißt, ich war Mitglied der NSDAP und ich habe regelmäßig an den Veranstaltungen der Partei teilgenommen. Man hat mir zu verstehen gegeben, dass alles andere zu meiner Schlechterstellung oder sogar zu meiner Entlassung als Lehrer führen könnte. Ich wusste nicht, ob das stimmte, aber ich hatte Angst und habe getan, was von mir verlangt wurde."

Herr Schwarz sagte nichts.

„Mit dem Herzen war ich nicht bei der Sache", beteuerte Herr Aukh. „Im Herzen war ich nie ein Nazi."

Herr Schwarz schwieg weiterhin.

„Im Herzen war ich ein Feigling", sagte Herr Aukh und sah zu Boden.

Herr Schwarz nickte; es klang doch überzeugend. Er spürte aber, dass er noch nicht genug wusste, um sich eine eigene Meinung leisten zu können. In Gedanken wiederholte er, was Herr Aukh eben gesagt hatte, und dachte darüber nach. Es wurde sehr still. Herr Aukh schwieg, weil er nichts mehr sagen wollte, und Herr Schwarz schwieg, weil er über das, was er gehört hatte, nachdachte. Herr Aukh litt zunehmend unter der Stille. Herr Schwarz beobachtete ungerührt, wie er sich auf seinem Stuhl wand. Herr Aukh hatte natürlich den zweiten Teil seiner Frage, ob er Dinge getan habe, die man ihm zur Last legen könnte, nicht beantwortet. Er hatte sich also möglicherweise oder sogar wahrscheinlich irgendetwas zuschulden kommen lassen. Aber was? Ging es dabei um mehr als nur um Textaufgaben und Diktate?

Herr Schwarz nahm an, dass er für den Moment nichts mehr von Herrn Aukh erfahren würde. Er stand also auf, bedankte sich für die erhaltenen Auskünfte und verabschiedete sich höflich. Herr Aukh war sichtlich erleichtert, und Herr Schwarz empfand beinahe so etwas wie Bedauern für ihn.

Gedankenverloren ging er nach Hause. Das Böse, sagte er unterwegs zu sich selbst, lebt von der Angst. Angst ist sein notwendiger Verbündeter; ohne sie kann es nichts ausrichten.

Kapitel 10

Am Wochenende feierte die Gemeinde Kirchweihe. Sie waren auf dem Land, darum mangelte es trotz der allgemeinen Armut nicht an Essen und Trinken. Eine besondere Stimmung kam über das Dorf; alle schienen den Krieg und den Nationalsozialismus hinter sich lassen und endlich einmal wieder unbeschwert feiern zu wollen. Am Sonntagmorgen war die Kirche voll besetzt, und als Herr Schwarz nach dem Gottesdienst zufrieden hinaustrat, kamen ihm aus den nahen Wirtshäusern Gerüche oder vielmehr Düfte entgegen, die einen solchen Appetit ihm weckten, dass er kurzerhand den Talar auszog, ihn unter den Arm klemmte und hinüberging, um selbst auch die Freiheit und das Leben bei Bier und Braten zu feiern. Das Wetter war ausgezeichnet an dem Tag. Der Kirchweihbetrieb dauerte bis in die späte Nacht an, und als Herr Schwarz endlich in sein Bett kroch, übersatt und ein wenig heiser vom vielen Reden und Singen, hatte er das starke Gefühl, zu Hause zu sein. Er schlief beinahe augenblicklich ein.

Als er erwachte, war es noch immer dunkel. Er glaubte Stimmen zu hören und lauschte. Sie kamen von draußen; das Fenster war geöffnet. Es klang beinahe so, als ob Leute in seinem Garten wären. Was taten sie da? Waren es womöglich Hühnerdiebe? Er stand auf um nachzusehen und stellte erleichtert fest, dass die Stimmen nicht aus seinem Garten kamen, sondern von der alten Reichsstraße, wie der Weg, auf dem er an seinem ersten Sonntag in Nahental das erste Mal gewandert war, genannt wurde. Dort zog zur seiner großen Verwunderung eine große Schar Menschen vorbei, ausgerüstet mit Laternen und Fackeln. Ein Gespann Ochsen zog die Feuerspritze. Herr Schwarz rannte von einem Zimmer zum anderen und sah zu den Fenstern hinaus. Es war tatsächlich ein Feuerschein zu sehen, außerhalb des Dorfes. Er zog sich rasch an und stürzte hinaus, gerade rechtzeitig, um sich dem Ende des Zuges anzuschließen.

Es herrschte keine große Eile, als ob der Kampf gegen das Feuer ohnehin schon verloren wäre. Herr Schwarz fragte deswegen nach, und das schien tatsächlich die vorherrschende Ansicht zu sein. Nichtsdestotrotz, hieß es, müsse die Feuerwehr ausrücken, und beides zusammen, der Brand und der Einsatz der Feuerwehrleute, verspreche eine gewisse Kurzweil. Herr Schwarz fragte, ob es wohl die kleine Scheune am Straßenrand wäre, die da brannte, denn er konnte sich nicht entsinnen, an der alten Reichsstraße noch ein anderes Gebäude gesehen zu haben, und seine Weggefährten bejahten es.

Als sie ankamen, war das Gebäude bereits vollständig in sich zusammengefallen. Die Trümmer brannten noch, aber man konnte sehen, dass es bald vorüber sein würde. Glücklicherweise hatte es diesen Sommer viel geregnet, so dass von dem Feuer keine Gefahr für den nahen Wald ausging, und die Feuerwehrleute beschlossen, dass die Spritze gar nicht zum Einsatz gebracht werden müsse. Die Menge schien enttäuscht zu sein. Jemand rief, er wolle die Spritze sehen, aber es half nichts.

Herr Schwarz sah Herrn Schnell unter den Leuten, ging zu ihm hinüber und sprach ihn an. Herr Schnell grüßte freundlich und sagte, es wäre schade, dass das Feuer so schnell erloschen wäre. Aber es wäre nun einmal nur eine kleine Scheune gewesen, fast nur ein Schuppen.

Herr Schwarz fragte, wem sie gehört habe.

„Sie gehörte dem alten Herrn Schmidt", sagte Herr Schnell. „Er war früher ein großer Bauer. Leider hat er keine Familie. Vor ein paar Jahren, als seine Kräfte nachließen, gab er alles auf, verkaufte sein Vieh, verpachtete die Felder und entließ seine Knechte. Er hat jetzt schon seit ein paar Jahren das Haus nicht mehr verlassen, soweit ich weiß." Im selben Moment entdeckte er einen Streifen Licht am Horizont. „Seht nur!" rief er laut. „Der Tag bricht an! Lasst uns doch gleich zum Frühschoppen gehen!"

Die Menge jubelte. Ein Bier zum Sonnenaufgang wurde offenbar als angemessene Entschädigung für das entfallene Brand- und Löschvergnügen angesehen. Sogleich setzte sich der Zug wieder in Bewegung, und als sie im Dorf angelangt waren, war der allgemeine Durst bereits so groß, dass beide Wirtshäuser binnen kurzem voll besetzt waren, noch ehe alle Lampen angezündet waren.

Herr Schwarz und Herr Schnell fanden in einer Ecke der „Post", wie das ältere Wirtshaus genannt wurde, Platz. Das Bier floss geradezu in Strömen. Bald fingen die Leute an zu singen, der Lärm war unbeschreiblich. Herr Schnell trank durstig, aber Herr Schwarz nippte nur an seinem Bier und hatte schon genug davon. Ein Gedanke beschäftigte ihn. Er fragte Herrn Schnell, ob man denn wisse, warum die Scheune gebrannt habe?

„Wie bitte?" Es war zu laut, Herr Schnell hatte ihn nicht verstanden. Herr Schwarz wiederholte seine Frage - brüllte sie ihm geradezu ins Ohr.

Herr Schnell schüttelte den Kopf. Nicht dass er wüsste. Ein Gewitter vielleicht?

Herr Schwarz fragte, ob es denn ein Gewitter gegeben habe?

Herr Schnell musste zugeben, dass es, soweit er wusste, kein Gewitter gegeben habe.

Herr Schwarz fragte, ob es denkbar wäre, dass jemand die Scheune angezündet hätte?

Herr Schnell schüttelte mit höchster Befremdung den Kopf: „Wer um alles in der Welt sollte denn so etwas tun? Und warum?"

Ja, dachte Herr Schwarz. Wer und warum.

Der Gesang wurde immer lauter. Herr Schnell wurde davon angesteckt und sang mit. Herr Schwarz aber wollte nicht, schob sein fast volles Glas verdrossen von sich und ging nach Hause.

Johanna war noch nicht auf. Die Küche war kalt. Er hatte zugesehen, wie sie das Feuer anmachte, und beschloss, es auf dieselbe Weise zu versuchen. Es gelang ihm ganz gut. Bald breitete sich eine angenehme Wärme aus. Ein Gedanke kam ihm. Er holte die Bibel aus seinem Arbeitszimmer und setzte sich an den Küchentisch. Er schlug eine Stelle aus dem Johannesevangelium auf und las den Abschnitt aufmerksam.

Da ging Pilatus wieder hinein ins Richthaus und rief Jesus und sprach zu ihm: Bist du der Juden König?

Jesus antwortete: Redest du das von dir selbst, oder haben's dir andere von mir gesagt?

Pilatus antwortete: Bin ich ein Jude? Dein Volk und die Hohenpriester haben dich mir überantwortet. Was hast du getan?

Jesus antwortete: Mein Reich ist nicht von dieser Welt. Wäre mein Reich von dieser Welt, meine Diener würden kämpfen, dass ich den Juden nicht überantwortet würde; aber nun ist mein Reich nicht von dannen.

Da sprach Pilatus zu ihm: So bist du dennoch ein König?

Jesus antwortete: Du sagst es, ich bin ein König. Ich bin dazu geboren und in die Welt gekommen, dass ich für die Wahrheit zeugen soll. Wer aus der Wahrheit ist, der höret meine Stimme.

Spricht Pilatus zu ihm: Was ist Wahrheit? Und da er das gesagt, ging er wieder hinaus zu den Juden und spricht zu ihnen: Ich finde keine Schuld an ihm.

Ja, dachte Herr Schwarz, was ist Wahrheit? Waren die Männer, die letzte Woche verhaftet worden waren, aus tiefer Überzeugung Nazis gewesen oder aus Angst oder aus Gewinnsucht?

Waren sie böse oder waren sie eitel oder waren sie dumm?

Was hatte es mit dieser Scheune auf sich, dass sie gerade jetzt abbrannte?

Herr Schwarz glaubte nicht an Zufälle. Er war sich sicher, dass es einen Zusammenhang gab zwischen den Verhaftungen und dem Brand der Scheune. Und er beschloss herausfinden, worin dieser Zusammenhang bestand.

Johanna kam herunter. Sie lächelte ihn freundlich an, aus Überraschung oder aus Zufriedenheit, weil er Feuer gemacht hatte. Sie setzte das Wasser für den Kaffee auf, und während sie mit Küchengerätschaften herumhantierte, erzählte er ihr von dem Brand und fragte sie nach dem Haus des alten Herrn Schmidt.

Sie erklärte es ihm. Natürlich kannte er es vom Sehen; es war ein großes, stattliches Bauernhaus auf der anderen Seite des Dorfes.

Johanna sagte, sie hielte es nicht für wahrscheinlich, dass Herr Schmidt ihm weiterhelfen könne. Er habe das Haus vermutlich schon seit Kriegsbeginn nicht mehr verlassen, wenn nicht sogar schon länger, und pflege keinerlei Umgang; sie selbst könne sich nicht entsinnen, wann sie ihn zuletzt gesehen hätte.

Ja, sagte Herr Schwarz, das habe er auch schon gehört. Er wolle trotzdem hingehen. Vielleicht könne ein Gespräch ihm weiterhelfen.

Johanna sah ihn nachdenklich an. „Glauben Sie wirklich", sagte sie, „dass zwischen den Verhaftungen und dem Brand ein Zusammenhang besteht? Es mag schon sein, aber ich kann mir keinen denken."

Herr Schwarz sah seine Hausmagd mit großen Augen an. Dass sie offensichtlich seine Gedanken kannte oder erahnte, machte sie ihm beinahe ein wenig unheimlich.

Kapitel 11

Herr Schwarz hatte gedacht, sich gleich nach dem Frühstück auf den Weg zu machen und Herrn Schmidt einen Besuch abzustatten. Aber über seinen nächtlichen Erlebnissen war ihm das rechte Gefühl für die Zeit abhanden gekommen, denn als er eher beiläufig auf die Uhr sah, stellte er überrascht fest, dass es noch viel zu früh war, einen alten und pflegebedürftigen Mann aufzusuchen. Da er nun aber hellwach war und an nichts anderes denken konnte als an den nächtlichen Brand, beschloss er, noch einmal zu der alten Scheune hinauszugehen, wenn er auch nicht genau wusste, was er dort tun sollte.

Er machte sich also auf den Weg. Der Gesang und das Geschrei aus den nahen Wirtshäusern begleitete ihn ein Stück weit. Herr Schwarz warf einen Blick auf seine Armbanduhr: Es war kurz nach Sechs, unfassbar: Er so früh auf den Beinen. Bald hatte er das Dorf mit seinen Geräuschen hinter sich gelassen. Es wurde still. Ein paar Vögel sangen. Sonst war nichts zu hören.

Herr Schwarz roch die Brandruine bevor er sie sehen konnte, denn der Wind trieb ihm den Rauch entgegen. Als er sie aber sah, bemerkte er sofort eine Gestalt, ja, einen Mann, der um die Überreste der Scheune herumging, als suche er etwas. Herr Schwarz konnte nicht erkennen, wer es war; vielleicht brauchte er doch langsam eine Brille. Einen Moment später schien der Mann ihn zu bemerken, wandte sich von den rauchenden Trümmern ab und kam ihm entgegen. Es war, wie sich herausstellte, Herr Aukh, der auch nicht wenig überrascht zu sein schien.

Herr Schwarz wusste nicht gleich, was er sagen sollte. Schließlich fragte er Herrn Aukh in seinem, wie er hoffte, unschuldigsten Tonfall, ob er das nächtliche Ereignis verschlafen habe.

Herr Aukh antwortete, das hätte er wohl; er habe einen besonders tiefen Schlaf. Dann verabschiedete er sich höflich mit dem Hinweis, er müsse den freien Tag – es war Kirchweihmontag, ein schulfreier Tag in Nahental – nutzen, um ein paar Arbeiten „an Haus und Hof", wie er sich ausdrückte, zu erledigen.

Herr Schwarz sah ihm kurz nach und ging dann noch das letzte Stück bis hin zu der Ruine. Aus der Asche ragten verkohlte Balken heraus. Zu seiner Verwunderung war es heiß dort, und aufsteigender, schwacher Rauch biss ihn in die Augen. Wenn jemand vorhatte, in den Überresten herumzustochern, dachte Herr Schwarz, würde er sich wohl noch wenigstens ein paar Stunden gedulden müssen.

Als Herr Schwarz wieder im Dorf angelangt war, war es spät genug, um Herrn Schmidt aufzusuchen. Er ging zu dem Haus, das Johanna ihm bezeichnet hatte, wo ihm eine kräftige Frau mittleren Alters öffnete. Herr Schwarz stellte sich vor und bat, Herrn Schmidt sehen zu dürfen. Sie führte ihn in ein dunkles, trotz der sommerlichen Wärme stark beheiztes Zimmer, in dem offenkundig viele Jahre ausgiebig geraucht und nur sehr kurze Zeit - wenn überhaupt - gelüftet worden war; der Gestank war überwältigend. Es dauerte eine Weile bis Herr Schwarz merkte, dass er nicht allein war. In einer Ecke, in viele Decken gehüllt, saß ein altes Männlein und sog an einer riesigen Pfeife. Herr Schmidt, zweifellos. Herr Schwarz stellte sich vor.

„Ich habe mir schon gedacht, dass Sie das sind," krächzte das Männlein. „Wer sonst würde an einem Kirchweihmontag im schwarzen Anzug herumlaufen?"

Herr Schwarz gab zu, dass es naheliegend war. Er bedauere, sagte er dann, ihm mitteilen zu müssen, dass seine an der sogenannten alten Straße gelegene Scheune abgebrannt wäre.

„Frau Durst, meine Haushälterin, hat es mir bereits gesagt; sie hat es heute morgen beim Milchholen gehört. Danke für die Mitteilung. Es ist nicht schlimm, wirklich nicht. Ich habe keine Nachkommen und auch sonst keine Verwandten. Bald werde ich sterben, und wes wird's sein, das ich bereitet habe?"

Herr Schwarz nickte anerkennend; Bibelfestigkeit beeindruckte ihn immer. Er fragte, ob es nicht eigenartig wäre, dass die Scheune so plötzlich und scheinbar grundlos abgebrannt war.

„Ja, was weiß denn ich?" röchelte Herr Schmidt. „Vielleicht haben irgendwelche Jungen da draußen heimlich geraucht?"

Herr Schwarz nahm sich vor, das Rauchen aufzugeben. Was denn in der Scheune gewesen wäre?

„Nichts, denke ich. Seit Jahren nichts."

Und davor?

„Nun, ich hatte ein paar Geräte darin. Einen Pflug. Einen Wagen. Eine Heugabel und eine Sense, solche Dinge. Aber dann setzte ich mich zur Ruhe, und alles wurde verkauft. Die Scheune habe ich vermietet. Herr Aukh brauchte sie für seine Imkersachen. Ich durfte es niemandem sagen, denn er hatte Angst, dass irgendwelche bösen Buben ihm Streiche spielen würden. Aber jetzt habe ich es doch verraten."

Herr Schwarz nickte. Wann das gewesen wäre?

„Vor acht Jahren, oder neun? Oder sieben? Ich habe es vergessen."

Herr Schwarz blieb gerade nur noch so lange, wie es die Höflichkeit unbedingt gebot und eilte dann in großen Schritten nach Hause. Er fand Johanna in der Küche, umgeben von mehreren Eimern voller Schwarzbeeren. Die Konfirmanden hatten diese vor zwei Tagen abgeliefert; es war so Brauch in der Gemeinde.

Er sagte, er hätte da eine wichtige Frage.

Johanna unterbrach ihn sofort, er stänke wie ein Iltis oder womöglich sogar noch schlimmer. Sie bestand darauf, dass er sich zuerst umzöge. Sie konnte sehr bestimmend sein. Herr Schwarz ging also gehorsam auf sein Zimmer, zog sich aus, wusch sich die Hände und das Gesicht und hängte seinen Anzug sorgfältig auf einen Bügel. Dann holte er seinen anderen Anzug aus dem Schrank, zog sich wieder an, brachte sein altes Hemd hinüber ins Waschhaus und hängte unterwegs den Anzug an einen rostigen Haken neben der Hintertür. Anschließend kehrte er zurück in die Küche, wo er mit einem wohlgefälligen Lächeln empfangen wurde.

Er kam ohne Umschweife zur Sache. Er müsse eine Sache wissen - ein Thema ansprechen, das ihr möglicherweise unangenehm wäre. Aber es wäre wichtig, und ob sie es ihm erlauben wolle? Johanna antwortete, sie wolle ihm gern aushelfen, und erst recht, wenn es wichtig wäre.

Herr Schwarz dankte. Ob Herr Aukh an dem Tag, als die Synagoge brannte, auch dort gewesen wäre? Es wäre natürlich sechs Jahre her, eine lange Zeit, und sie wäre damals ein völlig verängstigtes Kind gewesen, wie sie ihm ja berichtet habe; aber ob sie trotzdem versuchen könne, sich zu erinnern? Es wäre wirklich von größter Wichtigkeit.

Johannas Lächeln verschwand, als er den Namen erwähnte, und als er fertig war, waren ihre Lippen schmal und hart. Sie müsse darüber nicht nachdenken, sagte Johanna. Sie wisse ganz genau, dass er da war. Er wäre schließlich ihr Lehrer gewesen, und weil sie ja denselben Weg hatten, wären sie sogar ein Stück miteinander gegangen. Sie erinnere sich noch ganz genau, wie unangenehm ihr das gewesen wäre.

Herr Schwarz nickte. Die Dinge fügten sich zusammen, und er mochte es, wenn das passierte. Er sagte, er müsse noch einmal fort, er hätte noch eine Sache zu erledigen. Unterwegs ging er langsam, um ein wenig mehr Zeit zum Nachdenken zu haben.

Kapitel 12

Er fand das Schulhaus verschlossen; Herr Aukh
war offenbar nicht da. Herr Schwarz ärgerte sich.
Als er gerade beschlossen hatte, nach Hause zu
gehen und es später noch einmal zu versuchen,
hörte er Klopfgeräusche; irgendjemand hämmerte
offenbar auf irgendetwas herum. Kirchweihmontag, und es war noch nicht einmal Mittag; die Bauern mussten praktisch alle noch in den
Wirtshäusern sein, und ihre Frauen neigten wohl
eher nicht dazu, zu hämmern. Herr Schwarz ging
um das Schulhaus herum und fand dort eine Art
Schuppen, aus dem das Geräusch kam. Er öffnete die Tür und steckte den Kopf hinein. Darin
war Herr Aukh bei der Arbeit, aber er hatte ihm
den Rücken zugewandt und bemerkte ihn nicht.
Der Schuppen schien seine Werkstatt zu sein. Es
gab einen stabilen Tisch darin und an der einen
Wand ein Brett, an dem alle möglichen Werk-
zeuge mit Haken und Nägeln befestigt waren, klar
und übersichtlich angeordnet. Herr Aukh arbeitete
an einer Art Kasten aus Holz. Er schien ein ge-
schickter Handwerker zu sein: Herr Schwarz sah,

dass er die Bretter nicht mit Nägeln oder gar Schrauben zusammenfügte, sondern mit Zinken, die er mit der Säge in die Bretterenden geschnitten hatte; er erinnerte sich, dass man diese Zinken „Schwalbenschwänze" nannte. Gerade war Herr Aukh dabei, die Einzelteile miteinander zu verbinden, indem er sie passend aufeinanderlegte und mit dem Holzhammer zusammentrieb. Als Herr Schwarz ihn ansprach, schrak er zusammen und stieß einen kleinen Schrei aus.

Herr Schwarz bat ihn höflich um Entschuldigung und bewunderte dann seine Arbeit. Sie war auch wirklich bewunderungswürdig - so sorgfältig, so genau gearbeitet! Beinahe, als wäre hier ein ausgebildeter Schreiner am Werk gewesen. Ob Herr Aukh eine Schreinerausbildung erhalten hätte?

„Nein", antwortete Herr Aukh widerwillig. „Nein." Er schüttelte den Kopf. „Mein Großvater - er war Schreiner. Ein Dorfschreiner nur. Er hat mich aufgezogen, meine Eltern starben früh. Ich habe ihm zugesehen. Habe ihm geholfen. Daher -"

Er machte eine ausladende Handbewegung.

Herr Schwarz sagte, sie hätten demnach etwas gemeinsam. Auch sein Großvater wäre Schreiner gewesen, in einem winzigen, abgelegenen Dorf; er habe seine elf Kinder kaum von seiner Arbeit

ernähren können. Von ihm habe er ein Küchen-
buffet geerbt, welches der Großvater selbst —
Herr Schwarz unterbrach sich, als er an das Kü-
chenbuffet dachte. Bilder stiegen plötzlich in ihm
auf, von der Küche, in der es gestanden hatte.
Von den Menschen, die ihr Geschirr aus ihm her-
ausgeholt und den kleinen Tisch gedeckt hatten.
Bilder, wie sie dicht gedrängt um den Tisch saßen
und aßen. Herr Schwarz presste die eine Hand
auf den Mund, die andere auf den Bauch. Sein
Herz schlug plötzlich schnell. Als er im Krankenhaus erwacht war, hatte er sich anfangs an überhaupt nichts erinnert. Dabei wollte er sich damals
gerne erinnern, wollte verstehen, wie er dahinge-
kommen war - aber er konnte es nicht. Er war
schlicht nicht fähig, auch nur einen klaren Gedanken zu fassen. Dann war Schwester Gabriele zu
ihm gekommen. Ihr Haar war schon ein wenig
grau, aber ihre Augen waren noch jung. Sie hatte
ihm erzählt, was geschehen war. Die Bomben.
Das Haus. Während sie sprach, waren die Erinne-
rungen an sein früheres Leben zurückgekommen.
In der folgenden Nacht hatte er sich einsam ge-
fühlt wie nie zuvor.
Am Morgen war er ins Sanatorium gekommen.
Unterwegs hatte er beschlossen, alles hinter sich
zu lassen. Von dem Moment an, in dem er dort

angekommen wäre, wollte er nicht an die Vergangenheit denken, nicht an seine Verluste, nicht an seine Einsamkeit. Er wollte sich keine einzige Träne gestatten, kein einziges Wort, zu niemandem. Er hatte an einen Vers aus dem Propheten Jesaja gedacht: „Ich habe mein Angesicht hart gemacht wie einen Kieselstein; denn ich weiß, dass ich nicht zuschanden werde." Und im Lauf der Tage und der Wochen und Monate war alles, was früher gewesen war, zu einem Schatten geworden.

Du kranker Idiot, sagte er zu sich selbst. Du verblödeter, dummer —

Es stand ein Stuhl da, und Herr Schwarz sank auf ihn hinunter. Er bedeckte sein Gesicht mit den Händen. Nicht doch, dachte er. Nicht jetzt. Er atmete tief. Nichts berührt mich, nichts kommt mir zu nahe! Mein Angesicht ist so hart wie ein Stein, so hart wie ein Diamant —

„Ist etwas?" fragte Herr Aukh. Er legte das Werkzeug und den halbfertigen Kasten weg. „Geht es Ihnen nicht gut?"

„Danke", sagte Herr Schwarz mit einer abwehrenden Geste. Er atmete tief ein. So hart wie ein Stein, so hart wie ein Diamant! „Es ist nichts", sagte er. „Zu wenig Schlaf vielleicht." Er zwang sich selbst zu einem Lächeln und spürte dabei, wie etwas in ihm sich verkrampfte. Einen Moment lang fragte er sich, ob er vielleicht wahnsinnig würde; ob Wahnsinn der Preis wäre, den er würde zahlen müssen. Doch dann war dieser Moment vorbei. Er atmete noch einmal tief ein und stand auf. Er hatte sich selbst wieder im Griff. „Es gibt etwas", sagte er, „was mir keine Ruhe gelassen hat. Deswegen bin ich eigentlich gekommen. Als ich vor ein paar Tagen hier war, da habe ich Sie doch gefragt, ob Sie Dinge getan hätten, die man Ihnen zur Last legen könnte. Aber Sie haben diese Frage nicht beantwortet. Möchten Sie sie vielleicht jetzt beantworten?"

Herr Aukh wich zurück. Er sagte nichts, aber sein Blick war plötzlich voller Angst. Er schüttelte den Kopf und ging wortlos hinaus.

Das war das erste Mal in diesen Tagen, dass Herr Schwarz an sich selbst zweifelte.

Er ging langsam nach Hause. Sein Kopf tat weh und seine Augen brannten. Er war todmüde jetzt, er musste schlafen, aber er hatte Angst davor, was in seinen Träumen über ihn kommen würde. Er hatte jedoch keine Wahl, denn es mochte spät werden und er war zu müde; ohne Schlaf würde er es gewiss nicht schaffen.

Er fand Johanna in der Küche. Ihr Gesicht war blau und ein Teil ihrer Kleider auch. Er beschloss, nicht zu fragen. Er grüßte kurz und sagte, dass er sich hinlegen wollte, um zu schlafen. „Es ist wichtig", betonte er, „wirklich wichtig, Johanna, dass du mich weckst, wenn es dunkel wird. Ich stelle meinen Wecker auf 9 Uhr, aber ich bin nicht sicher, dass ich ihn höre. Ich möchte dann einen Kaffee, einen starken Kaffee. Und eine Taschenlampe, bitte. Eine, die funktioniert."

Johanna wischte sich etwas Blaues vom Kinn und warf einen kurzen Blick darauf. „Natürlich", sagte sie nur.

Kapitel 13

Herr Schwarz erwachte, als Johanna hereinkam und seinen Wecker ausstellte. Sie brachte den bestellten Kaffee. Er setzte sich auf und trank ihn im Bett.

„Sie sehen wieder besser aus."

„Ich fühle mich auch wieder besser", sagte Herr Schwarz.

„Sie haben mir einen Schreck eingejagt vorhin. Was ist denn mit Ihnen?"

Herr Schwarz fragte sich, wie er wohl ausgesehen haben mochte, als er heimgekommen war. „Ich habe mich an etwas Wichtiges erinnert", sagte er. Er dachte kurz nach, suchte nach den richtigen Worten. „Ich habe etwas Schreckliches erlebt", sagte er dann. „So schrecklich, dass ich glaubte, es nicht ertragen zu können. Ich wollte es vergessen. Ich dachte, ich hätte es vergessen. Aber ich hatte es natürlich nicht vergessen. Ich habe nur so getan, als ob ich es vergessen hätte." Er sah Johanna an. „Ich glaube, du denkst jetzt, dass ich ein bisschen verrückt bin."

Johanna schüttelte den Kopf. „Ich denke," sagte
sie, „dass Sie eine Geschichte zu erzählen haben.
Jeder Mensch hat eine Geschichte zu erzählen.
Sie haben damals auf dem Hügel meine Geschichte angehört. Jetzt höre ich mir Ihre an."
Herr Schwarz nickte. Es war nur logisch. „Ich
werde dir meine Geschichte erzählen," sagte er,
„aber nicht jetzt gleich. Ich muss erst noch etwas
erledigen. Ich muss diese Sache zu Ende bringen." Er gab ihr die Kaffeetasse zurück. „Dazu
muss ich mich anziehen."

„Natürlich."

Als Johanna gegangen war, stand Herr Schwarz
auf, wusch sich und zog sich an. Dann ging er hinunter. Es war schon fast dunkel draußen.
Johanna reichte ihm einen Teller mit belegten
Broten. Er aß eines davon im Stehen. Sie gab ihm
die Taschenlampe und er probierte sie aus. Das
Licht war strahlend hell. Die Batterien schienen
ganz neu zu sein. Herr Schwarz fragte sich, wo
Johanna sie herbekommen hatte. Er verabschiedete sich mit einem Nicken und ging.

Es war eine helle, milde Nacht. Der Mond stand
schön und freundlich über dem Land. Herr
Schwarz musste nur einmal die Lampe zu Hilfe
nehmen. Er brauchte etwa zwanzig Minuten bis
zu der abgebrannten Scheune. Die Asche war

noch ein wenig warm. Herr Schwarz schaltete die Taschenlampe erneut ein und suchte nach einem Platz, an dem er sich verstecken konnte. Schließlich machte er es sich unter einem nahen Gebüsch bequem, schaltete das Licht aus und wartete.

Er wartete lange. So lange, dass er schon beinahe glaubte, er hätte sich geirrt. Irgendein Tier huschte vorbei. Die Sterne waren wunderschön. Grillen zirpten. Er lauschte auf die Kirchturmuhr. Es schlug zehn Uhr. Später elf Uhr. Und Mitternacht. Und dann endlich die Schritte, auf die er gehofft hatte, mit denen er gerechnet hatte. Eine Taschenlampe wurde eingeschaltet. Ein Mann war gekommen. Er stocherte mit einer Schaufel oder einem Spaten in der warmen Asche herum.

Herr Schwarz beobachtete ihn eine Weile. Er wollte abwarten, ob der Mann etwas fände. Doch der Mann schien aufzugeben. Was immer in der Scheune gewesen war, war offenbar restlos verbrannt. Der Mann stützte sich auf seine Schaufel und seufzte. Herr Schwarz fand, das wäre das Zeichen für seinen Auftritt. Er stand geräuschlos auf, streckte seine Glieder und schaltete dann seine Taschenlampe ein.

Es war natürlich Herr Aukh. Er machte einen Satz nach hinten, warf die Schaufel und die Lampe in die Luft und stieß einen spitzen Schrei aus, so laut und durchdringend und unvermutet, dass Herr Schwarz selbst davon erschrak.

„Ich bin es nur", sagte er beschwichtigend und leuchtete sich selbst kurz ins Gesicht.

Da sank Herr Aukh auf die Knie und schluchzte laut auf.

Herr Schwarz schaute sich die Überreste der Scheune an und den Sternenhimmel. Als das Schluchzen und Schniefen aufgehört hatte, sagte er: „Ich möchte doch noch einmal auf meine Frage zurückkommen. Es gibt ganz offensichtlich gewisse Dinge, die man Ihnen zur Last legen könnte. Ich bin überzeugt, dass Sie etwas aus der Synagoge genommen haben. Sie haben es in dieser kleinen Scheune versteckt. Sie hielten es für so wertvoll, dass Sie die Scheune sorgfältig instand gehalten haben. Es war vielleicht ein Fehler, dass Sie das so gründlich gemacht haben, so sehr sorgfältig. Ich hätte dennoch nichts geahnt, obwohl mir das aufgefallen war. Sie aber niederzubrennen und das Wertvolle darin zu zerstören! Zurückzukommen und in der Asche herumzustochern, auch das noch!" Er schüttelte in der Dunkelheit den Kopf. „Wie auch immer," fuhr er dann fort, „es zwei Dinge, die ich wissen will. Zwei Fragen, die Sie mir beantworten müssen. Was hatten

Sie darin versteckt? Und: Warum das alles? Warum war es Ihnen nicht möglich, diese ganze Sache auf eine andere Art und Weise zu Ende zu bringen?"

Herr Aukh saß auf der Erde, das Gesicht in den Händen. Herr Schwarz ließ seine Lampe sinken. Er leuchtete auf den verbrannten Boden zwischen ihnen. Da nahm Herr Aukh die Hände vom Gesicht. „Wissen Sie wirklich alles andere schon?" fragte er. „Wie können Sie das? Wie können Sie überhaupt wissen, dass ich etwas genommen habe? Niemand hat mich gesehen. Und wenn mich doch jemand gesehen hat, warum hat er oder warum hat sie" - er betonte das ‚sie'; es war klar, dass er Johanna meinte - „nichts gesagt, all die Jahre?"

„Nun ja", sagte Herr Schwarz, „woher ich das weiß? Ich dachte, das läge auf der Hand. Es kann ja beinahe nur den einen Grund geben, die Scheune niederzubrennen. Das mit der Synagoge, das war geraten. Aber Sie haben es mir eben bestätigt. Und was Sie genommen haben — was Sie gestohlen haben — das werden Sie mir jetzt sagen. Nicht wahr?"

Herr Aukh seufzte. „Und ich werde es Ihnen gern sagen. Ich bin es Leid, dieses Geheimnis mit mir herumzutragen. Ich bin die Angst leid. Ich bin das schlechte Gewissen leid. Ich habe Ihnen gesagt, dass ich aus Feigheit Mitglied in der Partei war. Aus Feigheit und vielleicht auch weil ich dachte, es könnte mir einmal nützlich sein."

„Nicht vielleicht", warf Herr Schwarz ein.

Herr Aukh nickte. „Doch dann", sagte er, „trieben sie die Juden nachts durch die Stadt. Dann brachten sie sie fort. Ein Schuh blieb stehen, ein alter Mann verlor ihn, als er auf den Lastwagen steigen musste. Ich war nicht da, aber ich kam am Tag darauf. Der Schuh war noch da. Niemand tat ihn weg. Mit einer Zeremonie, die großartig wirken sollte, erklärten sie die Stadt für judenfrei. Und dann hieß es, die Synagoge müsste weg. Alle sollten kommen, um diesem historischen Moment, wie sie sagten, beizuwohnen. All die Leute — der Pöbel — es war furchtbar! Sie brachen die Tür auf und holten die Wertsachen heraus, oder was sie eben für wertvoll hielten. Goldene und silberne Dinge. Ich weiß nicht, was das für Dinge waren. Ich kenne die jüdischen Gebräuche nicht so gut. Aber es gab eine Sache, die ich kannte. Und ich wusste, dass diese dummen Leute nichts davon verstehen würden. Herr Kuhn, er war mein jüdischer Kollege, wenn man so will; eigentlich kein richtiger Lehrer, aber er wurde ‚Judenlehrer' genannt. Wie auch immer, wir kannten und wir schätzten uns. Wir waren beide Geschichtsforscher. Er zeigte mir ihr heiliges Buch, ihre Bibel. Die Tora. Die fünf Bücher Mose. Er erzählte mir, dass das Buch von Hand auf Pergament geschrieben war. Dass es nicht einen Fehler haben durfte. Dass die Juden die Tora wie ein lebendes Wesen ansahen. Er sagte, dass die Synagoge heilig würde durch die Tora. Ich wusste, wo sie aufbewahrt wurde, er hatte es mir gezeigt. Jetzt wollten sie die Synagoge verbrennen und mit ihr das heilige Buch. Und ich dachte: Wenn ich dieses Buch rette, dann könnte ich es eines Tages, wenn der Krieg vorbei wäre und diese unsinnige Naziherrschaft, zurückgeben. Herr Kuhn…"

Herr Schwarz sagte kein Wort, weil ihm gerade klar wurde, welche Rolle er selbst in dieser bösen Geschichte gespielt hatte. Einen Moment lang dachte oder hoffte er, es wäre ein Versuch Herrn Aukhs, von seiner Schuld abzulenken, und er hob seine Taschenlampe ein wenig, so dass er die Augen seines Gegenübers besser sehen konnte - aber sie waren vollkommen arglos. Da verstand Herr Schwarz, dass er allein schuld war.

„Also ging ich mit hinein in die Synagoge", fuhr Herr Aukh fort, und jedes einzelne Wort war eine Qual. „Die anderen hatten nur Augen für das Silber und das Gold. Niemand hat mich beachtet. Ich holte die Torarolle, klemmte sie mir unter den Arm und trug sie hinaus. Niemand hat etwas gesagt. Ich glaubte sogar, dass es niemand bemerkt hätte. Aber als ich zu Hause war, bekam ich es doch mit der Angst zu tun. Ich beschloss, die Tora zu verstecken. Den Rest, glaube ich, wissen Sie."

Herr Schwarz schüttelte den Kopf. „Mann", sagte er mühsam, „ist Ihnen denn wirklich nichts Besseres eingefallen, als sie zu verbrennen?"

Herr Aukh schwieg. Er hob die Hände zu einer Geste der Hilflosigkeit und presste sie dann auf sein Gesicht.

„Mein Gott", seufzte Herr Schwarz. „Mein Gott." Er knipste die Taschenlampe aus, um sich und alles in Dunkelheit einzuhüllen, und steckte sie ein.

Sie schwiegen beide eine lange Zeit. Es schlug ein Uhr.

„Was werden Sie jetzt tun?" fragte Herr Aukh schließlich. „Mit mir?"

Herr Schwarz schüttelte wieder den Kopf. „Ich?" sagte er. „Mit Ihnen? Nichts."

Kapitel 14

Herr Schwarz wollte plötzlich nicht mehr reden oder bleiben. Was er gehört hatte, war mehr als genug gewesen; es konnte keine größere Enttäuschung für ihn geben, keine größere Demütigung. Er wollte verstummen und verschwinden. Also drehte er sich wortlos um und ging. Herr Aukh rief ihm irgendetwas hinterher, aber er achtete nicht darauf. Er spürte Übelkeit. Er hatte sich selbst als einen besonders klugen und verständigen Mann gesehen, der seine Gefühle mit dem Verstand beherrscht und weise und vorausschauend handelt. Die Ereignisse des vergangenen Tages hatten bewiesen, dass er in Wahrheit ein selbstgefälliger und eingebildeter Dummkopf war, der sich in Dinge einmischte, die ihn nichts angingen; der anderer Leute Geheimnisse aufdeckte, statt sich seinen eigenen Rätseln zu stellen.

Es war klar, dass die Torarolle nur aufgrund seines Eingreifens zerstört worden war. Natürlich, Herr Aukh hätte auch anders handeln können. Er hätte wahrscheinlich anders gehandelt, wenn er mehr Zeit gehabt hätte, nachzudenken. Aber der

Druck, den er, Herr Schwarz, auf ihn ausgeübt hatte, hatte ihn in Panik versetzt. Angst hatte ihn getrieben, die Beweise zu vernichten, die ihn belasteten. Herr Schwarz ballte die Hände zu Fäusten. Es war nicht zu ändern. Der Schaden konnte nicht wieder gutgemacht werden. Das heilige Buch war für immer verloren. Die Synagoge von Jedenhausen war nun vollständig vernichtet.

Herr Schwarz glaubte nicht an unverzeihliche Sünden. Er glaubte stattdessen, dass der erste Schritt zur Vergebung darin bestünde, dass man sich selbst vergibt. Aber er konnte sich nicht vorstellen, dass er je bereit sein würde, sich seinen Wahn zu vergeben, mit dem er Herrn Aukh dazu gebracht hatte, das kostbare Buch, das er in Wahrheit nicht gestohlen, sondern gerettet hatte, zu zerstören.

Während er ging, kam ihm der Gedanke, dass es jetzt der richtige Zeitpunkt wäre, seine Koffer zu öffnen, und er schüttelte dabei den Kopf über seine eigene Torheit. Ich hätte sie schon früher öffnen sollen. Ich hätte meine eigene Vergangenheit erforschen sollen, und nicht die Vergangenheit anderer Leute.

Auf einmal hatte er es eilig. Er ging schneller und noch schneller, bis er beinahe rannte. Er hatte einen Vorsatz gefasst und und er wollte ihn sofort in die Tat umsetzen. Er wusste, es würde seine Fehler nicht ungeschehen machen noch etwas von seiner Schuld oder von der Tragik dieser ganzen Geschichte wegnehmen, aber es würde ein Schritt in die richtige Richtung sein, und ein solcher Schritt in die richtige Richtung war jetzt dringend nötig.

Johanna hatte die Hintertür für ihn offen gelassen. Er trat leise ein, verriegelte die Tür hinter sich und schlich wie ein Dieb im Dunkeln die Treppe hinauf. Er betrat das Zimmer, in dem die Koffer waren, und sah sie einen Moment lang an, wie sie im Mondlicht, das jetzt gerade durch die Fenster hereinfiel, vor ihm standen. Dann schaltete er das elektrische Licht ein und hob sie einen nach dem anderen hoch. Am Ende entschied er sich für den schwersten. Er öffnete ihn und fand darin Bücher, allerhand kleine Gegenstände, in Tücher gewickelt, und ein paar gerahmte Bilder, ebenfalls eingewickelt. Er hatte geahnt oder vielleicht sogar gewusst, dass diese Bilder da sein würden. Wer immer in den Trümmern nach seinen Sachen gewühlt hatte, musste doch gedacht haben, dass es die Bilder sein würden, die Herr Schwarz später einmal am dringendsten haben wollte. Es war nur natürlich.

Herr Schwarz nahm das erstbeste zur Hand und wickelte es aus. Er betrachtete es. Das Glas war gesprungen, aber das konnte auch passiert sein, als die Koffer hergebracht worden waren. Er würde Johanna fragen, ob es im Dorf einen Glaser gäbe.

Er sah auf die Uhr. Es ging jetzt schon auf Zwei zu. Herr Schwarz überlegte, ins Bett zu gehen, bekam dann aber Lust, doch noch ein wenig wach zu bleiben. Er ging mit dem Bild in der Hand hinunter in die Küche. Es war noch ein bisschen Glut im Ofen und er legte ein paar Scheite nach, denn ihm wurde kalt. Er öffnete die untere Klappe, wie er es bei Johanna beobachtet hatte, und sah zu, wie die Glut die Scheite in Brand setzte. Dann holte er sich aus der Speisekammer eine Flasche Bier, schenkte sich ein und setzte sich an den Tisch. Das Bild stellte er vor sich auf. Er nahm einen Schluck Bier und dann noch einen. Dann betrachtete er das Bild und erinnerte sich.

Es war Montag, der 27. August 1945.

Nachwort

Ein paar Anmerkungen noch!

Zuerst: Diese Geschichte ist ausgedacht. Inspiriert wurde sie jedoch von echten Personen und Ereignissen:

In der Nacht vom 9. auf den 10. November 1938 wurden über 1.400 Synagogen, Betstuben und andere jüdische Versammlungsräume im damaligen Deutschen Reich zerstört. Die Nationalsozialisten sprachen von der „Reichskristallnacht" oder auch nur von der „Kristallnacht", wohl wegen der vielen Fenster, die zerschlagen wurden. In den Jahren danach wurden etwa sechs Millionen Juden aus ganz Europa in Konzentrationslagern ermordet.

Oberkirchenrat Hans Greifenstein wurde in den letzten Wochen des Krieges bei einem Bombenangriff auf Ansbach verschüttet und, nachdem er aus dem Krankenhaus entlassen war, in die kleine fränkische Landgemeinde Königshofen an der Heide entsandt, wo er das noch frische Grab seines von Tieffliegern getöteten Vorgängers vorfand.

Pfarrer Josef Grimm aus Götting in Oberbayern wurde am 28. April 1945 von der SS ermordet, nachdem er zusammen mit dem Oberlehrer Georg Hangl (der ebenfalls ermordet wurde) die Hakenkreuzfahne vom Kirchturm geworfen und stattdessen die Bayernfahne ausgesetzt hatte.

Die Orte Nahental und Jedenhausen sind, so weit ich weiß, auf keiner Landkarte verzeichnet.

Zuletzt: Das Zitat am Anfang ist aus der sehr gelungenen Neuübersetzung des fast schon legendären Romans „Frankenstein oder der moderne Prometheus" von Mary Shelley durch Alexander Pechmann, erschienen 2017 im Manesse Verlag.

Alles andere ist schon gesagt.